校训：敦品励学　尚能笃行

中国古代
经典诗歌导读

刘自俊　黄承权　主编 ——

延边大学出版社

图书在版编目（CIP）数据

中国古代经典诗歌导读 / 刘自俊，黄承权主编 . --
延吉：延边大学出版社，2022.9
ISBN 978-7-230-03842-3

Ⅰ．①中… Ⅱ．①刘… ②黄… Ⅲ．①古典诗歌—诗
歌欣赏—中国—中等专业学校—教材 Ⅳ．① I207.2

中国版本图书馆 CIP 数据核字（2022）第 178625 号

中国古代经典诗歌导读

主　　编：刘自俊　黄承权	
责任编辑：邵希芸	
封面设计：文　亮	
出版发行：延边大学出版社	
社　　址：吉林省延吉市公园路 977 号	邮　　编：133002
网　　址：http://www.ydcbs.com	
E - m a i l：ydcbs@ydcbs.com	
电　　话：0433-2732435	传　　真：0433-2732434
发行电话：0433-2733056	传　　真：0433-2732442
印　　刷：北京宝莲鸿图科技有限公司	
开　　本：787 毫米 ×1092 毫米　1/16	
印　　张：13	字　　数：240 千字
版　　次：2022 年 9 月　第 1 版	
印　　次：2023 年 10 月　第 1 次印刷	

ISBN 978-7-230-03842-3

定　　价：49.80 元

前言

中华民族历史悠久,古典诗歌灿若星辰。先秦,《诗经》乃现实主义源头,《楚辞》开浪漫主义先河。两汉魏晋南北朝呈现诗歌新气象,乐府诗、建安诗和田园诗标志五言诗兴盛。唐代,诗人群星璀璨,佳作层出不穷,李白诗歌清新飘逸,杜甫诗歌沉郁顿挫,唐代诗歌铸辉煌。词入宋,发展到鼎盛状态,苏轼"大江东去"见豪放,柳永"晓风残月"显婉约。元散曲是一种新诗体,或质朴,或清丽,以"秋思之祖"马致远为代表。明清诗歌继续发展。

中国是一个诗的国度,千百年来,文人墨客留下了众多流韵生香的诗词。畅游古典诗词的历史长河,我们目不暇接,流连忘返。诗歌有优美的词句,有隽永的韵味,有高远的意境,有丰富的哲理。孔子说:"不学诗,无以言。"学习古典诗词,有利于陶冶我们的情操,提高我们的修养,丰富我们的思想。

以诗词之美弘扬国学、教化人生是每个教育工作者的使命,为了帮助中职学生拓宽阅读面,更好地学习古典诗词,我校语文教研组全体同仁,利用课余时间,选编了《中国古代经典诗歌导读》校本教材,包括原文、注释、译文和导读等部分。注释部分对难解字词进行注音和解释,为同学们扫除阅读障碍。导读部分力求抓住诗歌的内涵和特色加以分析,帮助同学们拓展思路,更好地了解作品的意境和艺术特色。我们相信,这本教材定能引领同学们跨越时空距离,进入辉煌的古典文学殿堂,领略古典诗词无穷的艺术魅力,进而启迪心智,陶冶情操,提升同学们的文学素养和人生品位。我们也相信,这本教材一定能够成为我校中职学生的良师益友。

由于编写时间有限,本教材只选编了60篇作品,数量是有限的,但有了这成功的开头,我们将会继续丰富这本教材。由于缺乏经验,本教材不足之处在所难免,希望得到同行以及广大师生的关心和支持,并诚望提出宝贵意见。

编者

2022 年 4 月

编委会

目录

1
伐檀

◇佚名（先秦）

坎坎[1]伐檀兮，寘[2]之河之干[3]兮，河水清且涟[4]猗[5]。不稼[6]不穑[7]，胡[8]取禾[9]三百[10]廛[11]兮？不狩不猎[12]，胡瞻尔庭有县[13]貆[14]兮？彼君子[15]兮，不素餐[16]兮！

坎坎伐辐[17]兮，寘之河之侧兮，河水清且直[18]猗。不稼不穑，胡取禾三百亿[19]兮？不狩不猎，胡瞻[20]尔庭有县特[21]兮？彼君子兮，不素食兮！

坎坎伐轮兮，寘之河之漘[22]兮，河水清且沦[23]猗。不稼不穑，胡取禾三百囷[24]兮？不狩不猎，胡瞻尔庭有县鹑兮？彼君子兮，不素飧[25]兮！

📋 注释

[1]坎坎：象声词，伐木声。

[2]寘：同"置"，放置。

[3]干：水边。

[4]涟：水波纹。

[5]猗(yī)：义同"兮"，语气助词。

[6]稼(jià)：播种。

[7]穑(sè)：收获。

[8]胡：为什么。

[9]禾：谷物。

[10]三百：意为很多，并非实数。

[11]廛(chán)：通"缠"，古代的度量单位，三百廛就是三百束。

[12]狩：冬狩。猎：夜猎。此诗中皆泛指打猎。

[13]县(xuán)：通"悬"，悬挂。

[14]貆(huán)：猪獾。也有说是幼小的貉。

[15]君子：此系反话，指有地位有权势者。

[16]素餐：白吃饭，不劳而获。

[17]辐：车轮上的辐条。

[18]直：水流的直波。

[19]亿：束。

[20]瞻：向前或向上看。

[21]特：三岁大兽。

[22]漘(chún)：水边。

[23]沦：小波纹。

[24]囷(qūn)：束。一说圆形的谷仓。

[25]飧(sūn)：熟食，此诗中泛指吃饭。

➡️ 译文

砍伐檀树声坎坎啊，棵棵放倒堆河边啊，河水清清微波转呦。不播种来不收割，为何三百束禾往家搬啊？不冬狩来不夜猎，为何见你庭院猪獾悬啊？那些老爷君子啊，不会白吃闲饭啊！

砍下檀树做车辐啊，放在河边堆一处啊，河水清清直流注哟。不播种来不收割，为何三百束禾要独取啊？不冬狩来不夜猎，为何见你庭院兽悬柱啊？那些老爷君子啊，不会白吃饱腹啊！

砍下檀树做车轮啊，棵棵放倒河边屯啊，河水清清起波纹啊。不播种来不收割，为何三百束禾要独吞啊？不冬狩来不夜猎，为何见你庭院挂鹌鹑啊？那些老爷君子啊，可不白吃荤腥啊！

📖 导读

全诗充满了劳动者对统治者的讽刺和对社会现实不公的斥责。三章诗重叠，意思相同，按照诗人情感发展的脉络可分为三层。

第一层写伐檀造车的艰苦劳动。头两句直叙其事，第三句转到描写抒情，这在《诗经》中是少见的。当伐木者把亲手砍下的檀树运到河边的时候，面对微波荡漾的清澈水流，不由得赞叹不已，大自然的美令人赏心悦目，也给这些伐木者带来了暂时的轻松与欢愉，然而这只是刹那间的感受而已。由于他们身负沉重压迫与剥削的枷锁，又很自然地从河水自由自在地流动，联想到自己成天从事繁重的劳动，没有一点自由，从而激起了他们心中的不平。

因此接着第二层便从眼下伐木造车想到还要替剥削者种庄稼和打猎，而这些收获物却全被占去，自己一无所有，越想越愤怒，越无法压抑，忍不住提出了严厉责问："不稼不穑，胡取禾三百廛兮？不狩不猎，胡瞻尔庭有县貆兮？"

第三层承此，进一步揭露剥削者不劳而获的寄生本质，巧妙地运用反语作结："彼君子兮，不素餐兮！"对剥削者冷嘲热讽，点明了主题，抒发了蕴藏在胸中的反抗怒火。

此篇三章复沓，采用换韵反复咏叹的方式，不但有力地表达了伐木者的反抗情绪，还在内容上起到了补充的作用，如第二、三章"伐辐""伐轮"部分，在点明了伐檀是为造车之用的同时，也暗示他们的劳动是无休止的。另外各章猎物名称的变换，也说明剥削者对猎取之物无论是兽是禽、是大是小，一概毫不客气地据为己有，表现了他们的贪婪本性。全诗直抒胸臆，叙事中饱含愤怒情感，不加任何渲染，增加了真实感与揭露的力量。另外诗的句式灵活多变，从四言、五言、六言、七言乃至八言都有，纵横错落，或直陈，或反讽，也使感情得到了自由而充分的抒发，称得上是最早的杂言诗的典型。

2
硕鼠

◇佚名（先秦）

硕鼠[1]硕鼠，无[2]食我黍[3]！三岁[4]贯[5]女，莫我肯顾。逝[6]将去[7]女[8]，适彼乐土。乐土乐土，爰[9]得我所[10]。

硕鼠硕鼠，无食我麦！三岁贯女，莫我肯德[11]。逝将去女，适彼乐国[12]。乐国乐国，爰得我直[13]。

硕鼠硕鼠，无食我苗！三岁贯女，莫我肯劳[14]。逝将去女，适彼乐郊。乐郊乐郊，谁之[15]永号[16]？

📋 注释

[1]硕鼠:大老鼠。一说田鼠。

[2]无:毋,不要。

[3]黍:黍子,也叫黄米,谷类,是重要粮食作物之一。

[4]三岁:多年。三,非实数。

[5]贯:借作"宦",侍奉。

[6]逝:通"誓"。

[7]去:离开。

[8]女:同"汝"。

[9]爰:于是,在此。

[10]所:处所。

[11]德:恩惠。

[12]国:域,即地方。

[13]直:王引之《经义述闻》说:"当读为职,职亦所也。"一说同"值"。

[14]劳:慰劳。

[15]之:其,表示诘问语气。

[16]号:呼喊。

🔁 译文

　　大田鼠呀大田鼠,不许吃我种的黍!多年辛勤伺候你,你却对我不照顾。发誓定要摆脱你,去那乐土有幸福。那乐土啊那乐土,才是我的好去处!

　　大田鼠呀大田鼠,不许吃我种的麦!多年辛勤伺候你,你却对我不优待。发誓定要摆脱你,去那乐国有仁爱。那乐国啊那乐国,才是我的好所在!

　　大田鼠呀大田鼠,不许吃我种的苗!多年辛勤伺候你,你却对我不慰劳!发誓定要摆脱你,去那乐郊有欢笑。那乐郊啊那乐郊,谁还悲叹长呼号!

📖 导读

　　《硕鼠》全诗三章,意思相同。三章都以"硕鼠硕鼠"开头,直呼奴隶主剥削阶级为贪婪可憎的大老鼠、肥老鼠,并以命令的语气发出警告:"无食我黍(麦、苗)!"老鼠形象丑陋又狡黠,性喜窃食,借来比拟贪婪的剥削者十分恰当,也表现诗人对其愤恨之情。三、四句进一步揭露剥削者贪得无厌而寡恩："三岁贯女,莫我肯顾(德、劳)。"诗中以"汝""我"对照:"我"多年养活"汝","汝"却不肯给"我"照顾,给予恩惠,甚至连一点安慰也没有,从中揭示了"汝""我"关系的对立。这里所说的"汝""我",都不是单个的人,应扩大为"你们""我们",所代表的是一个群体或一个阶层,提出的是谁养活谁的大问题。后四句更以雷霆万钧之力喊出了他们的心声:"逝将去女,适彼乐土。乐土乐土,爰得我所。"诗人既认识到"汝""我"关系的对立,便公开宣布"逝将去女",决计反抗,不再养活"汝"。一个"逝"字表现了诗人决断的态度和坚定决心。尽管他们要寻找的安居乐业、不受剥削的人间乐土,只是一种幻想,现实社会中是不存在的,但却代表着他们对美好生活的憧憬,也是他们在长期生活和斗争中所产生的社会理想,更标志着他们新的觉醒。正是这一美好的生活理想,启发和鼓舞着后世劳动人民为挣脱压迫和剥削不断斗争。

3
蒹葭

◇ 佚名（先秦）

蒹葭[1]苍苍[2]，白露为[3]霜。所谓[4]伊人[5]，在水一方[6]。溯洄[7]从[8]之，道阻[9]且长。溯游从之，宛[10]在水中央。

蒹葭萋萋，白露未晞[11]。所谓伊人，在水之湄[12]。溯洄从之，道阻且跻[13]。溯游从之，宛在水中坻[14]。

蒹葭采采，白露未已。所谓伊人，在水之涘[15]。溯洄从之，道阻且右[16]。溯游从之，宛在水中沚[17]。

注释

[1]蒹(jiān)：没长穗的芦苇。葭(jiā)：初生的芦苇。

[2]苍苍：鲜明、茂盛貌。下文"萋萋""采采"义同。

[3]为：凝结成。

[4]所谓：所说的，此指所怀念的。

[5]伊人：那个人，指所思慕的对象。

[6]一方：那一边。

[7]溯洄：逆流而上。下文"溯游"指顺流而下。一说"洄"指弯曲的水道，"游"指直流的水道。

[8]从：追寻。

[9]阻：险阻，(道路)难走。

[10]宛：宛然，好像。

[11]晞(xī)：干。

[12]湄：水和草交接的地方，也就是岸边。

[13]跻(jī)：升高，这里形容道路又陡又高。

[14]坻(chí)：水中的沙滩。

[15]涘(sì)：水边。

[16]右：迂回曲折。

[17]沚(zhǐ)：水中的小块陆地。

译文

河边芦苇青苍苍，秋深露水结成霜。意中之人在何处？就在河水那一方。逆着流水去找她，道路险阻又太长。顺着流水去找她，仿佛在那水中央。

河边芦苇密又繁，清晨露水未曾干。意中之人在何处？就在河岸那一边。逆着流水去找她，道路险阻攀登难。顺着流水去找她，仿佛就在水中滩。

河边芦苇密稠稠，早晨露水未全收。意中之人在何处？就在水边那一头。逆着流水去找她，道路险阻曲难求。顺着流水去找她，仿佛就在水中洲。

📖 导读

　　如果把诗中的"伊人"认定为情人、恋人，那么，这首诗就是表现了抒情主人公对美好爱情的执着追求和追求不得的惆怅心情。精神是可贵的，感情是真挚的，但结果是渺茫的，处境是可悲的。

　　这首诗以水、芦苇、霜、露等意象营造了一种朦胧、清新又神秘的意境。早晨的薄雾笼罩着一切，晶莹的露珠已凝成冰霜。一位羞涩的少女缓缓而行。诗中水的意象正代表了女性，体现出女性的美，而薄薄的雾就像是少女蒙上的纱。她一会出现在水边，一会又出现在水之洲。寻找不到，急切而又无奈的心情正如蚂蚁爬一般痒，又如刀绞一般痛。就像我们常说的"距离产生美感"，这种美感因距离变得朦胧。主人公和伊人的身份、面目、空间位置都是模糊的，给人以雾里看花、若隐若现、朦胧缥缈之感。蒹葭、白露、伊人、秋水，越发显得难以捉摸，构成了一幅朦胧淡雅的水彩画。诗的每章开头都采用了赋中见兴的笔法。通过对眼前真景的描写与赞叹，描绘出一个空灵缥缈的意境，笼罩全篇。诗人抓住秋色独有的特征，不惜用浓墨重彩反复进行描绘、渲染深秋空寂悲凉的氛围，以抒写诗人怅然若失而又热烈企慕的心境。诗每章的头两句都是以秋景起兴，引出正文。它既点明了季节与时间，又渲染了蒹苍露白的凄清气氛，烘托了人物怅惘的心情，达到了寓情于景、情景交融的艺术境界。"蒹葭""水"和"伊人"的形象交相辉映，浑然一体，用作起兴的事物与所要描绘的对象形成一个完整的艺术世界。开头写秋天水边芦苇丛生的景象，这正是"托象以明义"，具有"起情"的作用。因为芦苇丛生，又在天光水色的映照之下，必然会呈现出一种迷茫的境界，这就从一个侧面显示了诗的主人公心中的那个"朦胧的爱"的境界。《蒹葭》这首诗把暮秋特有景色与人物委婉惆怅的相思感情浇铸在一起，从而渲染了全诗的气氛，创造了一个扑朔迷离、情景交融的意境，正是"一切景语皆情语"的体现。

4
九歌·山鬼

◇ 屈原（先秦）

若有人兮山之阿[1]，被薜荔兮带女萝[2]。

既含睇兮又宜笑[3]，子[4]慕予兮善窈窕[5]。

乘赤豹兮从文狸[6]，辛夷车兮结桂旗[7]。

被石兰兮带杜衡[8]，折芳馨兮遗[9]所思。

余处幽篁[10]兮终不见天，路险难兮独后来。

表[11]独立兮山之上，云容容[12]兮而在下。

杳冥冥兮羌[13]昼晦，东风飘兮神灵雨[14]。

留灵修兮憺[15]忘归，岁既晏兮孰华予[16]。

采三秀[17]兮于山间，石磊磊兮葛蔓蔓。

怨公子[18]兮怅忘归，君思我兮不得闲。

山中人兮芳杜若[19]，饮石泉兮荫松柏，　君思我兮然疑作[20]。

雷填填[21]兮雨冥冥，猿[22]啾啾[23]兮狖[24]夜鸣。

风飒飒兮木萧萧，思公子兮徒离[25]忧。

📋 注释

[1] 山之阿(ē)：山谷。

[2] 被(pī)：通假字，通"披"。薜荔、女萝：皆蔓生植物，香草。

[3] 含睇(dì)：含情脉脉地斜视。宜笑：得体地笑。

[4] 子：山鬼对自己爱慕男子的称呼，你。

[5] 窈窕：娴雅美好貌。

[6] 赤豹：皮毛呈红色的豹。从：跟从。文：花纹。狸：野猫。文狸：毛色有花纹的野猫。

[7] 辛夷车：用辛夷木做成的车。结：编结。桂旗：桂枝编旗。

[8] 石兰、杜衡：皆香草名。

[9] 遗(wèi)：赠。

[10] 余：我，山鬼自指。篁：竹林。幽篁：幽深的竹林。

[11] 表：独立突出的样子。

[12] 容容：即"溶溶"，水或烟气流动的样子。

[13] 杳冥冥：又幽深又昏暗。羌：语助词。

[14] 神灵雨：神灵降下雨水。雨：作动词用，下雨。

[15] 灵修：指神女。憺(dàn)：安乐的样子。

[16] 晏：晚。华予：让我像花一样美丽。华：花。

[17] 三秀：灵芝草的别名，一年开三次花，传说服食了能延年益寿。

[18] 公子：也指神女。

[19] 杜若：香草。

[20] 然疑作：信疑交加。然：相信。作：起。

[21] 填填：雷声。

[22] 猨：同"猿"。

[23] 啾啾：猿叫声。

[24] 狖(yòu)：长尾猿。

[25] 离：通"罹"，遭受。

➷ 译文

好像有人在那山隈经过，是我身披薜荔腰束女萝。

含情注视巧笑多么优美，你会羡慕我的姿态婵娟。

驾乘红色的豹后面跟着花纹野猫，辛夷木车桂花扎起彩旗。

是我身披石兰腰束杜衡，折枝鲜花赠你聊表相思。

我在幽深竹林不见天日，道路艰险难行独自来迟。

孤身一人伫立高高山巅，云雾溶溶脚下浮动舒卷。

白昼昏昏暗暗如同黑夜，东风飘旋神灵降下雨点。

挽留了神女在一起享尽欢乐忘了归去，年岁渐老谁让我永如花艳。

在山间采摘益寿的芝草，岩石磊磊葛藤四处盘绕。

怨恨你失约，我惆怅不已忘记归去，你在深深地思念我啊，一刻也不得闲。

山中人儿就像芬芳杜若，石泉口中饮松柏头上遮，你想我吗心中信疑交错。

雷声滚滚雨势溟溟蒙蒙，猿鸣啾啾穿透夜幕沉沉。

风吹飕飕落叶萧萧坠落，思念公子徒然烦恼横生。

作者简介

屈原（约前340—前278），中国战国时期楚国诗人、政治家。出生于楚国丹阳秭归（今湖北宜昌）。芈姓，屈氏，名平，字原；又自云名正则，字灵均。楚武王熊通之子屈瑕的后代。

早年受楚怀王信任，任左徒、三闾大夫，兼管内政外交大事。提倡"美政"，主张对内举贤任能，修明法度，对外力主联齐抗秦。因遭贵族排挤诽谤，被先后流放至汉北和沅湘流域。

公元前278年，楚国郢都被秦军攻破后，自沉于汨罗江，以身殉楚国。

屈原是中国历史上第一位伟大的爱国诗人，中国浪漫主义文学的奠基人，"楚辞"的创立者和代表作者，开辟了"香草美人"的传统，被誉为"中华诗祖""辞赋之祖"。屈原作品的出现，标志着中国诗歌进入了一个由大雅歌唱到浪漫独创的新时代，其主要作品有《离骚》《九歌》《九章》《天问》等。以屈原作品为主体的《楚辞》是中国浪漫主义文学的源头之一,以最著名的篇章《离骚》为代表的《楚辞》与《诗经》中的《国风》并称为"风骚",对后世诗歌产生了深远影响。

导读

　　此诗一开头,那打扮成山鬼模样的女巫,就正喜滋滋飘行在接迎神灵的山隈间。从诗人对巫者装束的精妙描摹,可知楚人传说中的山鬼该是怎样倩丽,"若有人兮山之阿",是一个远镜头。诗人下一"若"字,状貌她在山隈间忽隐忽现的身影,开笔即给人以缥缈神奇之感。镜头拉近,便是一位身披薜荔、腰束女萝、清新鲜翠的女郎,那正是山林神女所独具的风采!此刻,她一双眼波正微微流转,蕴含着脉脉深情;嫣然一笑,唇红齿白,更使笑靥生辉!"既含睇兮又宜笑",着力处只在描摹其眼神和笑意,却比《诗经·卫风·硕人》"手如柔荑,肤如凝脂,领如蝤蛴"之类铺排,显得更觉轻灵传神。女巫如此装扮,本意在引得神灵附身,故接着便是一句"子(指神灵)慕予兮善窈窕"——"我这样美好,可要把你羡慕死了",口吻也是按传说的山鬼性格设计的,开口便是不假掩饰的自夸自赞,一下显露了活泼、爽朗的意态。这是通过女巫的装扮和口吻为山鬼画像,应该说已极精妙了。诗人却还嫌气氛冷清了些,所以又将镜头推开,色彩浓烈地渲染她的车驾随从:"乘赤豹兮从文狸,辛夷车兮结桂旗……"这真是一次堂皇、欢快的迎神之旅!火红的豹子,毛色斑斓的花狸,还有开着笔尖状花朵的辛夷、芬芳四溢的桂枝,诗人用它们充当迎神女巫的车仗,既切合所迎神灵的环境、身份,又将她手捻花枝、笑吟吟前行的气氛映衬得格外欢快和热烈。

　　自"余处幽篁兮终不见天"以下,情节出现了曲折,诗情也由此从欢快的顶峰跌落。满怀喜悦的女巫,只因山高路险耽误了时间,竟没能接到山鬼姑娘!(这当然是按"望祀"而神灵不临现场的礼俗构思的)她懊恼、哀愁,同时又怀着一线希冀,开始在山林间寻找。诗中正是运用不断转换的画面,生动地表现了女巫的这一寻找过程及其微妙心理:她忽而登上高山之巅俯瞰深林,但溶溶升腾的山雾,却遮蔽了她焦急顾盼的视野;她忽而行走在幽暗的林丛,但古木森森,昏暗如夜;那山间的飘风、飞洒的阵雨,似乎全为神灵所催发,可山鬼姑娘就是不露面。人们祭祀山灵,无非是想求得她的福佑。现在见不到神灵,就没有谁能使我(巫者代表的世人)青春永驻了。为了宽慰年华不再的失落之感,她便在山间采食灵芝("三秀"),以求延年益寿。这些描述,写的虽是巫者寻找神灵时的思虑,表达的则正是世人共有的愿望和人生惆怅。诗人还特别妙于展示巫者迎神的心理:"怨公子兮怅忘归",分明对神灵生出了哀怨;"君思我兮不得闲",转眼却又怨意全消,反去为山鬼姑娘的不临辩解起来。"山中人分芳杜若",字面上与开头的"子慕予兮善窈窕"相仿,似还在自夸自赞,但放在此处,则又隐隐透露了不遇神灵的自怜和自惜。"君思我兮然疑作",对山鬼不临既思念又疑惑的,明明是巫者自己;但开口诉说之时,却又推说是神灵。这些诗句所展示的主人公心理,均表现得复杂而又微妙。

到了此诗结尾一节,神灵的不临已成定局,诗中由此出现了哀婉啸叹的变徵之音。"雷填填兮雨冥冥"三句,将雷鸣猿啼、风声雨声交织在一起,展现了一幅极为凄凉的山林夜景。诗人在此处似乎运用了反衬手法:他越是渲染雷鸣猿啼之夜声,便越加见出山鬼所处山林的幽深和静寂。正是在这凄风苦雨的无边静寂中,诗人的收笔则是一句突然迸发的哀切呼告之语:"思公子兮徒离忧。"这是发自迎神女巫心头的痛切呼号 —— 她起初曾那样喜悦地拈着花枝,乘着赤豹,沿着曲曲山隈走来;至此,却带着多少哀怨和愁思,在风雨中凄凄离去,终于隐没在一片雷鸣和猿啼声中。大抵古人"以哀音为美",料想神灵必也喜好悲切的哀音。在祭祀中越是表现出人生的哀思和悱恻,便越能引得神灵的垂悯和呵护。

5

九歌·国殇[1]

◇ 屈原（先秦）

操吴戈兮被犀甲[2]，车错毂兮短兵接[3]。

旌蔽日兮敌若云[4]，矢交坠[5]兮士争先。

凌余阵兮躐余行[6]，左骖殪兮右刃伤[7]。

霾两轮兮絷四马[8]，援玉枹兮击鸣鼓[9]。

天时怼兮威灵怒[10]，严杀尽兮弃原野[11]。

出不入兮往不反[12]，平原忽兮路超远[13]。

带长剑兮挟秦弓[14]，首身离兮心不惩[15]。

诚既勇兮又以武[16]，终刚强兮不可凌[17]。

身既死兮神以灵[18]，子魂魄兮为鬼雄[19]！

📖 注释

[1]国殇:指为国捐躯的人。殇:指未成年而死,也指死难的人。戴震《屈原赋注》:"殇之义二:男女未冠(男二十岁)笄(女十五岁)而死者,谓之殇;在外而死者,谓之殇。殇之言伤也。国殇,死国事,则所以别于二者之殇也。"

[2]操吴戈兮被(pī)犀甲:手里拿着吴国的戈,身上披着犀牛皮制作的甲。吴戈:吴国制造的戈,当时吴国的冶铁技术较先进,吴戈因锋利而闻名。被:通"披",穿着。犀甲:犀牛皮制作的铠甲,特别坚硬。

[3]车错毂(gǔ)兮短兵接:敌我双方战车交错,彼此短兵相接。毂:车轮的中心部分,有圆孔,可以插轴,这里泛指战车的轮轴。错:交错。短兵:指刀剑一类的短兵器。

[4]旌蔽日兮敌若云:旌旗遮蔽的日光,敌兵像云一样涌上来。极言敌军之多。

[5]矢交坠:两军相射的箭纷纷坠落在阵地上。

[6]凌:侵犯。躐(liè):践踏。行:行列。

[7]左骖(cān)殪(yì)兮右刃伤:左边的骖马倒地而死,右边的骖马被兵刃所伤。殪:死。

[8]霾(mái)两轮兮絷(zhí)四马:战车的两个车轮陷进泥土被埋住,四匹马也被绊住了。霾:通"埋"。古代作战,在激战将败时,埋轮缚马,表示坚守不退。

[9]援玉枹(fú)兮击鸣鼓:手持镶嵌着玉的鼓槌,击打着声音响亮的战鼓。先秦作战,主将击鼓督战,以旗鼓指挥进退。枹:鼓槌。鸣鼓:很响亮的鼓。

[10]天时怼兮威灵怒:天怨神怒。天时:上天际会,这里指上天。天时怼:指上天都怨恨。怼:恨。威灵:威严的神灵。

[11]严杀尽兮弃原野:在严酷的厮杀中战士们全都死去,他们的尸骨都丢弃在旷野上。严杀:严酷的厮杀。一说严壮,指士兵。尽:皆,全都。

[12]出不入兮往不反:出征以后就不打算生还。反:通"返"。

[13]忽:渺茫,不分明。超远:遥远无尽头。

[14]秦弓:指良弓。战国时,秦地木材质地坚实,制造的弓射程远。

[15]首身离:身首异处。心不惩:壮心不改,勇气不减。惩:悔恨。

[16]诚:诚然,确实。以:且,连词。武:威武。

[17]终:始终。凌:侵犯。

[18]神以灵:指死而有知,英灵不泯。神:指精神。

[19]鬼雄：战死了，魂魄不死，即使做了鬼，也要成为鬼中的豪杰。

译文

战士手持兵器身披犀甲，敌我战车交错戈剑相接。

旌旗遮天蔽日敌众如云，飞箭如雨战士奋勇争先。

敌军侵犯我们行列阵地，右骖马受伤左骖马倒毙。

兵车两轮深陷绊住四马，主帅举起鼓槌猛击战鼓。

杀得天昏地暗神灵震怒，全军将士捐躯茫茫原野。

将士们啊一去永不回还，走向那平原的遥远路途。

佩长剑夹强弓争战沙场，首身分离雄心永远不屈。

真正勇敢顽强而又英武，始终刚强坚毅不可凌辱。

人虽死啊神灵终究不泯，魂魄刚毅不愧鬼中英雄！

导读

《九歌·国殇》取民间"九歌"之祭奠之意，以哀悼死难的爱国将士，追悼和礼赞为国捐躯的楚国将士的亡灵。乐歌分为两节，先是描写在一场短兵相接的战斗中，楚国将士奋死抗敌的壮烈场面，继而颂悼他们为国捐躯的高尚气节。由第一节"旌蔽日兮敌若云"一句可知，这是一场敌众我寡的殊死战斗。当敌人来势汹汹，冲乱楚军的战阵，欲长驱直入时，楚军将士仍个个奋勇争先。但见战阵中有一辆主战车冲出，这辆原有四匹马拉的大车，虽左外侧的骖马已中箭倒毙，右外侧的骖马也被砍伤，但它的主人——楚军统帅，仍毫无惧色，他将战车的两个轮子埋进土里，笼住马缰，反而举槌擂响了进军的战鼓。一时战气萧杀，引得苍天也跟着威怒起来。待杀气散尽，战场上只留下一具具尸体，静卧荒野。

作者描写场面、渲染气氛的本领是十分高强的。不过十句，已将一场殊死恶战，状写得栩栩如生，极富感染力。底下，则以饱含情感的笔触，讴歌死难将士。有感于他们自披上战甲一日起，便不再想全身而返，此刻他们紧握兵器，安详地、无怨无悔地躺在那里，他简直不能抑制自己的情绪奔涌。他对这些将士满怀敬爱，正如他常用美人和香草指代美好的人和事一样,在诗篇中,他也同样用一切美好的事物,来修饰笔下的人物。这批神勇的将士,操的是吴地出产的以锋利闻名的戈、秦地出产的以强劲闻名的弓,披的是犀牛皮制的盔甲,拿的是有玉嵌饰的鼓槌,他们生是人杰,死为鬼雄,气贯长虹,英名永存。

此篇在艺术表现上与作者其他作品有些区别,乃至与《九歌》中其他乐歌也不尽一致。它不是一篇想象奇特、辞采瑰丽的华章,然其"通篇直赋其事"(戴震《屈原赋注》),挟深挚炽烈的情感,以促迫的节奏、开张扬厉的抒写,传达出了与所反映的人和事相一致的凛然亢直之美,一种阳刚之美,在楚辞体作品中独树一帜,读罢实在让人有气壮神旺之感。

6

垓下歌[1]

◇ 项羽（汉）

力拔山兮[2]气盖世。时不利兮骓[3]不逝。

骓不逝兮可奈何[4]！虞[5]兮虞兮奈若何[6]！

注释

[1]垓(gāi)下:古地名。

[2]兮:文言助词,相当于现代汉语的"啊"或"呀"。

[3]骓(zhuī):顶级宝马。

[4]奈何:怎样;怎么办。

[5]虞:虞姬。

[6]奈若何:拿你怎么办。若,你。

译文

力量可以拔起大山,豪气世上无人能比。可时运不济宝马也再难奔驰。

乌骓马不前进了我又能怎样呢?虞姬啊!虞姬啊!我又该把你怎么办?

作者简介

项羽(前232—前202),名籍,字羽,秦下相(今江苏宿迁)人,他是中国军事思想"勇战派"代表人物,与"谋战派"孙武、韩信等人齐名。秦二世元年(前209年)从叔父项梁在吴中(今江苏苏州)起义,项梁阵亡后他率军渡河救赵王歇,巨鹿之战摧毁秦军主力。秦亡后称西楚霸王。后与刘邦争夺天下,进行了四年的楚汉战争,公元前202年兵败垓下(今安徽灵璧南),突围至乌江(今安徽和县长江段西)边自刎。

导读

《垓下歌》是西楚霸王项羽在进行必死战斗的前夕所作的绝命词。这首诗既洋溢着无与伦比的豪气,又蕴含着满腔深情;既显示出罕见的自信,却又为人的渺小而沉重地叹息。

"力拔山兮气盖世"一句,项羽概括了自己叱咤风云的业绩。作为反秦义军的领袖,项羽可谓卓绝超群,气盖一世。《史记·项羽本纪》载,项羽"力能扛鼎,才气过人"。在他的履历中,不乏所向披靡、勇冠三军的神奇故事。此刻,面对四面楚歌的惨败结局,面对爱妃虞姬,项羽感慨万千。"力拔山兮气盖世",既有对自己辉煌岁月的回首,也有对兴亡盛衰的无尽感慨,以及对"时不再来"的无限懊悔。

"时不利兮骓不逝",时机于我不利,战事于我不顺,千里马也跑不起来了。至此,一种英雄末路的感慨油然而生,让人倍感苍凉。在四年的楚汉战争之中,他虽然打了不少胜仗,但逞匹夫之勇,既不善于用人,更不会审时度势,他的失败根本不是什么天意,是咎由自取。

"骓不逝兮可奈何",抒发的是一种无可奈何的感叹。项羽的失败,是政治谋略上的失败。面对强劲而奸诈的对手,他坦率、天真、不用心计。死到临头,他总该明白了吧。此时,他多么企盼有一次卷土重来,再显英雄身手,再现"破釜沉舟"壮举的转机啊!可是,项羽明白,这种机会不会再有了,他注定败在了自己完全可以战胜的对手之下。"可奈何",正是这种悲剧心理与失望心态的流露。

"虞兮虞兮奈若何"。作为一位众望所归、叱咤风云的义军领袖,其强弩之末不仅于战无计,而且连自己的爱妃也保护不了,这是何等震撼人心的悲哀!当年,他从江东率四十万大军,所向无敌,威震天下;如今,兵败如山倒,到最后只剩二十八骑相随。面对失败又"不肯过江东"的项羽当然只剩死路一条,面对虞姬也只能是"奈若何"了。

读完《垓下歌》,掩卷回味,使人悟出无论是谁,如果他办事违背了事物发展的客观规律,使事态发展到不可收拾的地步,到那时,即便有移山倒海之力,也不可避免地要走上失败的道路。项羽虽然是一个失败者,但我们不应以成败论英雄。项羽的故事千古流传,项羽的这首《垓下歌》也成为一首千古绝唱。

7

大风歌[1]

◇ 刘邦（汉）

大风起兮[2]云飞扬。

威[3]加[4]海内[5]兮归故乡。

安得[6]猛士兮守[7]四方[8]！

📋 注释

[1]大风歌:这是汉高祖刘邦在击破英布军以后,回长安时,途经故乡(沛县)时,邀集父老乡亲饮酒。酒酣,刘邦击筑(一种打击乐器)高歌,唱了这首《大风歌》。表达了他维护天下统一的豪情壮志。

[2]兮:语气词,相当于现代汉语中的语气助词"啊"。

[3]威:威望,权威。

[4]加:施加。

[5]海内:四海之内,即"天下"。我国古人认为天下是一片大陆,四周大海环绕,海外则荒不可知。

[6]安得:怎样得到。安:哪里,怎样。

[7]守:守护,保卫。

[8]四方:指代国家。

🔁 译文

大风刮起来了,云随着风翻腾奔涌啊。

威武平天下,衣锦归故乡。

怎样才能得到勇士啊,为国家镇守四方!

🧍 作者简介

刘邦(前256—前195),字季,汉沛郡丰县中阳里人(今江苏省徐州市丰县)人。中国历史上杰出的政治家、战略家和军事指挥家,汉朝开国皇帝,汉民族和汉文化的伟大开拓者之一,对汉族的发展以及中国的统一有突出贡献。公元前195年,讨伐英布叛乱时,伤重不起。制定"白马之盟"后,驾崩于长安,谥号高皇帝,庙号太祖,葬于长陵。

📖 导读

《大风歌》一诗抒发了刘邦远大的政治抱负,也表达了他对国事忧虑的复杂心情。

诗中每句都带有"兮"。这首诗仅由三句构成,其中第一句"大风起兮云飞扬",是最令人称赞的诗句。作者没有直接描写他与他的部下在战场上是如何歼灭重创叛乱的敌军，而是巧妙地运用大风和飞扬狂卷的乌云来暗喻这场惊心动魄的战争。如果说项羽的《垓下歌》表现了失败者的悲哀，那么《大风歌》则显示了胜利者的悲哀。而作为这两种悲哀的纽带的，则是对于人的渺小的感伤。

"威加海内兮归故乡"，一个"威"字既生动贴切地阐明了各路诸侯臣服于大汉天子刘邦的脚下，也直抒了刘邦威风凛凛、所向披靡的豪迈气概。如此荣归故里，刘邦的心情是多么的荣耀与八面威风！

"安得猛士兮守四方"，这最后一句是直抒胸臆，写他的心情与思想，但刘邦并没有继续沉浸在胜利后的巨大喜悦与光环之中，而是笔锋一转，写出内心又将面临的另一种巨大的压力。打江山难，守江山更难！居安思危，如何让自己与将士们辛劳打下的江山基业，不在日后他人觊觎中得而复失，回到故里后，去哪里挑选出更加精良的勇士来巩固自己的大好河山？使大汉江山固若金汤！所以，第三句的"安得猛士兮守四方"，既是希冀，又是疑问。他是希望做到这一点的，但真的做得到吗？他自己却无从回答。可以说，他对于是否找得到捍卫四方的猛士，即自己的天下是否守得住，不但毫无把握，而且深感忧虑和不安。因此，这首歌的前两句虽显得踌躇满志，第三句却突然透露出前途未卜的焦灼和恐惧。假如说，作为失败者的项羽曾经悲慨于人定无法胜天，那么，在胜利者刘邦的这首歌中也响彻着类似的悲音，这就难怪他在配合着歌唱而舞蹈时，要"慷慨伤怀，泣数行下"（《汉书·高帝纪》）了。

8
秋风辞[1]

◇ 刘彻（汉）

秋风起兮白云飞，草木黄落[2]兮雁南归。

兰有秀兮菊有芳[3]，怀佳人[4]兮不能忘。

泛楼船兮济汾河[5]，横中流兮扬素波[6]。

箫鼓鸣兮发棹歌[7]，欢乐极[8]兮哀情多。

少壮几时兮奈老何[9]！

注释

[1]辞：韵文的一种。

[2]黄落：变黄而枯落。

[3]秀：草本植物开花叫"秀"。这里比拟佳人颜色。芳：香气，比拟佳人香气。兰、菊：这里比拟佳人。"兰有秀"与"菊有芳"，互文见义，意为兰和菊均有秀、有芳。

[4]佳人：这里指想求得的贤才。

[5]泛：浮。楼船：上面建造楼的大船。泛楼船：即"乘楼船"的意思。汾河：起源于山西宁武，西南流至河津西南入黄河。

[6]中流：中央。扬素波：激起白色波浪。

[7]鸣：发声，响。发：引发，即"唱"。棹（zhào）：船桨，这里代指船。棹歌：船工行船时所唱的歌。

[8]极：尽。

[9]奈老何：对老怎么办呢？

译文

秋风刮起，白云飘飞，草木枯黄大雁南归。

兰花、菊花都无比秀美，散发着淡淡幽香，但是我思念美丽的人的心情却是难以忘怀的。

乘坐着楼船行驶在汾河上，行至中央激起白色的波浪。

鼓瑟齐鸣船工唱起了歌，欢喜到极点的时候忧愁就无比繁多。

少壮的年华总是容易过去，渐渐衰老没有办法！

作者简介

刘彻（前156—前87），是一位雄才大略的政治家，也是一位爱好文学、提倡辞赋的诗人，今流传《悼李夫人赋》。其他存留的诗作，《瓠子歌》《天马歌》《李夫人歌》为诗论家所推崇。

导读

全诗共有九句，可分作四层。

"秋风起兮白云飞,草木黄落兮雁南归"为第一层,点出季节时令特点,秋高气清,天上飘飞着几团白云,那一行行的大雁鸣叫着向南归去,大地上树叶凋落,草木枯黄,是深秋的时候了。这两句状物描景,有色彩形象,有流动感,念来自然平易,而句式结构又十分紧促干练,起、飞、落、归这几个动词的组合,直给人以物换星移的紧迫感。短短两句,清远流丽。

"兰有秀兮菊有芳,怀佳人兮不能忘"为第二层,是作者的因景联想和中心情思,兰草的秀丽,菊花的清香,各有千秋,耐人品味。春兰秋菊自有盛时,作者观赏的情趣和心态可以相见。接着作者由对花木的观赏,引发起对佳人的怀念,这种由物到人的移情,在中国古典文学作品中是常用的手法,如屈原《离骚》有"日月忽其不淹兮,春与秋其代序。惟草木之零落兮,恐美人之迟暮"的句子。"怀佳人兮不能忘"里的"佳人"不仅仅局限在字面的本身,它也包含了作者对事业的追求心愿。

五、六、七句"泛楼船兮济汾河,横中流兮扬素波。箫鼓鸣兮发棹歌"为第三层,是泛舟中流的生动描绘。汉武帝与群臣祭祠后土之后,坐着楼船渡过汾河,但见河中心翻滚起白色的粼粼水波,这时楼船上宴饮正酣,箫鼓齐鸣,乐工伎女们唱着舞着,与那艄公划船的声音上下相应和,不绝于耳。这一层每句均包含两个动词,依次泛、济、横、扬、鸣、发的排列开来,将"忻然中流"的热烈场面彩绘得声情并茂,呼之欲出。

八、九句"欢乐极兮哀情多。少壮几时兮奈老何!"为第四层,是作者此次行幸河东,乐极哀来的深沉感慨。过分的欢乐之后,又带给人哀怨的心绪,青春难再,老之将至,因而不得不及时行乐了。这一描状自然景物后的思想归结,仍没有摆脱了古代骚人墨客的低沉情调。正像汉武帝本人一样,既有平南越、斥匈奴、兴太学、崇儒术的文治武功,又有敬神仙、请方士,因横征暴敛致使"流民愈多,盗贼分行"的过错(见《汉书》卷四十六《石庆传》),所以这首《秋风辞》既有不少自然流畅,使人成诵难忘的秀句,又有叹息人生短暂的虚无色彩。

全诗比兴并用、情景交融,是中国文学史上"悲秋"的名作。

9
长歌行[1]

◇ 汉乐府[2]（汉）

青青园中葵[3]，朝露待日晞[4]。

阳春布德泽[5]，万物生光辉。

常恐秋节[6]至，焜黄华[7]叶衰。

百川[8]东到海，何时复西归？

少壮[9]不努力，老大徒[10]伤悲！

🗋 注释

[1]长歌行:汉乐府曲题。这首诗选自《乐府诗集》卷三十,属相和歌辞中的平调曲。

[2]汉乐府:原是汉初采诗制乐的官署,后来又专指汉代的乐府诗。汉惠帝时,有乐府令一官,可能当时已设有乐府。武帝时乐府规模扩大,成为一个专设的官署,掌管郊祀、巡行、朝会、宴飨时的音乐,兼管采集民间歌谣,以供统治者观风察俗,了解民情厚薄。这些采集来的歌谣和其他经乐府配曲入乐的诗歌即被后人称为乐府诗。

[3]葵:"葵"作为蔬菜名,指中国古代重要蔬菜之一。《诗经·豳风·七月》:"七月亨葵及菽。"李时珍《本草纲目》:"葵菜古人种为常食,今之种者颇鲜。有紫茎、白茎二种,以白茎为胜。大叶小花,花紫黄色,其最小者名鸭脚葵。其实大如指顶,皮薄而扁,实内子轻虚如榆荚仁。"此诗"青青园中葵"即指此。

[4]朝露:清晨的露水。晞:天亮,引申为阳光照耀。

[5]阳春布德泽:阳春是露水和阳光都充足的时候,露水和阳光都是植物所需要的,都是大自然的恩惠,即所谓的"德泽"。布:布施,给予。德泽:恩惠。

[6]秋节:秋季。

[7]焜黄:形容草木凋落枯黄的样子。华(huā):同"花"。

[8]百川:大河流。

[9]少壮:年轻力壮,指青少年时代。

[10]老大:指年老了,老年。徒:白白地。

↪ 译文

> 园中的葵菜都郁郁葱葱,晶莹的朝露等待阳光照耀。
>
> 春天给大地普施阳光雨露,万物生机盎然欣欣向荣。
>
> 常恐那肃杀的秋天来到,树叶儿黄落百草也凋零。
>
> 百川奔腾着向东流入大海,何时才能重新返回西境?
>
> 年轻力壮的时候不奋发图强,到老来悲伤也没用了。

导读

　　这是一首咏叹人生的歌。本诗采用"托物起兴"的写法，谈人生而从园中葵写起，园中葵在春天的早晨亭亭玉立，青青的叶片上滚动着露珠，在朝阳下闪着亮光，像一位充满青春活力的少年。诗人由园中葵的蓬勃生长推而广之，写到整个自然界，由于有春天的阳光、雨露，万物都在闪耀着生命的光辉，到处是生机盎然、欣欣向荣的景象。这四句，字面上是对春天的礼赞，实际上是借物比人，是对人生青春的赞歌。

　　自然界的时序不停交换，转眼春去秋来，园中葵及万物经历了春生、夏长，到了秋天，它们成熟了，昔日熠熠生辉的叶子变得焦黄枯萎，丧失了活力。人生也是如此，由青春勃发而长大，而老死，也要经历一个新陈代谢的过程。诗人用"常恐秋节至"表达对"青春"稍纵即逝的珍惜，其中一个"恐"字，表现出人们对自然法则的无能为力，青春凋谢的不可避免。接着又从时序的更替联想到宇宙的无尽时间和无垠空间，时光像东逝的江河，一去不复返。由时间尺度来衡量人的生命也是老死以后不能复生。在这永恒的自然面前，人生就像叶上的朝露一见太阳就被晒干了，就像青青葵叶一遇秋风就枯黄凋谢了。

　　诗歌由对宇宙的探寻转入对人生价值的思考，以"少壮不努力，老大徒伤悲"这两句结束全诗。自然界的万物有一个春华秋实的过程；人生也有一个少年努力、老有所成的过程。自然界的万物只要有阳光雨露，秋天自能结实，人却不同；没有自身努力是不能成功的。万物经秋变衰，但却实现了生命的价值，因而不足伤悲；人则不然，因"少壮不努力"而老无所成，就等于空走世间一趟。这首诗避免了容易引人生厌的人生说教，使最后的警句显得浑厚有力，深沉含蓄。末句中的"徒"字意味深长：一是说老大无成，人生等于虚度了；二是说老年时才醒悟将于事无补，徒叹奈何，意在强调必须及时努力。

　　本诗从"园中葵"说起，再用水流到海不复回打比方，说明光阴如流水，一去不再回。最后劝导人们，要珍惜青春年华，发奋努力，不要等老了再后悔。这首诗借物言理，首先以园中的葵菜作比喻。"青青"喻其生长茂盛。其实在整个春天的阳光雨露之下，万物都在争相努力地生长。因为它们都恐怕秋天很快地到来，深知秋风凋零百草的道理。大自然的生命节奏如此，人生也是这样。一个人如果不趁着大好时光而努力奋斗，让青春白白地浪费，等到年老时后悔也来不及了。

10
江南

◇ 汉乐府（汉）

江南可^[1]采莲，莲叶何田田^[2]。鱼戏莲叶间。

鱼戏莲叶东，鱼戏莲叶西，鱼戏莲叶南，鱼戏莲叶北。

注释

[1]可：在这里有"适宜""正好"的意思。

[2]田田：荷叶茂盛的样子。

译文

江南又到了适宜采莲的季节，莲叶浮出水面，挨挨挤挤，重重叠叠，迎风招展。在茂密如盖的荷叶下面，欢快的鱼儿在不停地嬉戏玩耍。

一会儿在这儿，一会儿又忽然游到了那儿，说不清究竟是在东边，还是在西边，还是在南边，还是在北边。

导读

这是一首采莲歌，反映了采莲时的光景和采莲人欢乐的心情。在汉乐府民歌中具有独特的风味。

这首诗以简洁明快的语言，回旋反复的音调，优美隽永的意境，清新明快的格调，勾勒出了一幅明丽美妙的图画：一望无际的碧绿的荷叶，莲叶下自由自在、欢快戏耍的鱼儿，还有那水上划破荷塘的小船上采莲的壮男俊女的欢声笑语，悦耳的歌喉，多么秀丽的江南风光！多么宁静而又生动的场景！全诗只有七句，明白如话，而后四句又基本上是第三句的重复，它的妙处主要在于运用民歌中常用的比兴、双关手法，把男女之间调情的欢乐之情写得极其委婉、含蓄，耐人寻味，而无轻佻、庸俗之弊。全诗一气呵成，但在结构上又可分为两个部分：前三句揭示题旨；后四句进一步展示采莲时的欢乐情景和广阔场面。而诗中第三句又在全诗中起着承上启下的作用，使上下相连，不着痕迹。诗的意境清新、开朗，寓情于景，景中寓人，如闻其声，如见其人，如临其境，感到美景如画，心旷神怡，呈现出一派生意盎然的景象。

读完此诗，仿佛一股夏日的清新迎面扑来，想着就令人觉得清爽。我们感受着诗人那种安宁恬静的情怀的同时，自己的心情也随之变得轻松起来。

诗中没有一字是写人的，但是我们又仿佛如闻其声，如见其人，如临其境，感受到了一股勃勃生机的青春与活力，领略到了采莲人内心的欢乐和青年男女之间的欢愉和甜蜜。这就是这首民歌不朽的魅力所在。

11
蒿里行

◇ 曹操（汉）

关东有义士[1]，兴兵讨群凶[2]。

初期会盟津[3]，乃心在咸阳[4]。

军合力不齐[5]，踌躇而雁行[6]。

势利使人争，嗣还自相戕[7]。

淮南弟称号[8]，刻玺于北方[9]。

铠甲生虮虱[10]，万姓以[11]死亡。

白骨露于野，千里无鸡鸣。

生民百遗[12]一，念之断人肠。

📋 **注释**

［1］关东:函谷关(今河南灵宝西南)以东。义士:指起兵讨伐董卓的诸州郡将领。

［2］讨群凶:指讨伐董卓及其党羽。

［3］初期:本来期望。盟津:即孟津(今河南孟县南)。相传周武王伐纣时曾在此会合八百诸侯,此处借指本来期望关东诸将也能像武王伐纣会合的八百诸侯那样同心协力。

［4］乃心:其心,指上文"义士"之心。咸阳:秦时的都城,此借指洛阳,当时献帝被挟持到洛阳。

［5］力不齐:指讨伐董卓的诸州郡将领各有打算,力量不能统一。齐:一致。

［6］踌躇:犹豫不前。雁行(háng):飞雁的行列,形容诸军列阵后观望不前的样子。

［7］嗣:后来。还:同"旋",不久。自相戕(qiāng):自相残杀。当时盟军中的袁绍、公孙瓒等发生了内部的攻杀。

［8］淮南弟称号:指袁绍的堂弟袁术于建安二年(197)在淮南寿春(今安徽寿县)自立为帝。

［9］刻玺于北方:指初平二年(191)袁绍谋废献帝,立幽州牧刘虞为帝,并刻制印玺。玺,印,秦以后专指皇帝用的印章。

［10］铠甲生虮虱:由于长年战争,战士们不脱战服,铠甲上都生了虱子。虮:虱卵。

［11］万姓:百姓。以:因此。

［12］生民:百姓。遗:剩下。

➡️ **译文**

关东的仗义之士,都起兵讨伐那些凶残的人。

本来期望各路将领在孟津会合,同心讨伐长安董卓。

结果各有打算,力不齐一,互相观望,谁也不肯率先前进。

权势、财利引起了诸路军的争夺,随后各路军队之间就自相残杀起来。

袁绍的堂弟袁术在淮南称帝号,袁绍谋立傀儡皇帝在北方刻了皇帝印玺。

由于战争连续不断,士兵的铠甲上生满了虮虱,百姓也因此死伤无数。

累累白骨曝露于荒野无人收埋,千里之间没有人烟,听不到鸡鸣。

一百个百姓中只有一个人能活,想到这里不免让人肝肠寸断。

♦ 作者简介

曹操(155—220),字梦德,沛国谯县(今安徽亳州)人,三国时期杰出的政治家、军事家和文学家。曹操的诗现存20余首,全用乐府旧题。有些诗,反映当时动乱的社会现实,抒发自己的抱负,苍凉悲壮,气势雄伟,既善于吸取民歌的营养,又有所创造,对五言诗的发展,产生过积极的影响。有《魏武帝集》。

📖 导读

此诗前10句勾勒了这样的历史画卷:关东各郡的将领,公推豪强士族的代表袁绍为盟主,准备兴兵讨伐祸国殃民的董卓。当时各郡虽然大军云集,但却互相观望,裹足不前,甚至各怀鬼胎,为了争夺霸权,图谋私利,竟至互相残杀起来。诗人对袁绍兄弟阴谋称帝、铸印刻玺、借讨董卓匡扶汉室之名,行争霸天下称孤道寡之实给予了无情的揭露,并对因此造成的战乱感到悲愤。诗中用极其凝练的语言将关东之师从聚合到离散的过程原原本本地说出来,成为历史的真实记录。

接下来6句,诗人将笔墨从记录军阀纷争的事实转向描写战争带给人民的灾难:连年的征战,使得将士长期不得解甲,身上长满了虮子、虱子,而无辜的百姓却受兵燹之害而大批死亡,满山遍野堆满了白骨,千里之地寂无人烟,连鸡鸣之声也听不到了,正是满目疮痍,一片荒凉凄惨的景象,令人目不忍睹。最后诗人感叹道:在战乱中幸存的人百不馀一,自己想到这些惨痛的事实,简直肝肠欲裂,悲痛万分。诗人的感情达到高潮,全诗便在悲怆愤懑的情调中戛然而止。

此诗风格质朴,沉郁悲壮,体现了曹操作为一个政治家、军事家的豪迈气魄和忧患意识。诗歌集典故、事例、描述于一体,既形象具体,又内蕴深厚,深刻地揭露了造成社会灾难的原因,更坦率地表达了自己对现实的不满和对人民的同情。

12
野田黄雀行^[1]

◇ 曹植（汉）

高树多悲风^[2]，海水扬其波^[3]。

利剑^[4]不在掌，结友何须^[5]多！

不见篱间雀，见鹞自投罗^[6]？

罗家^[7]得雀喜，少年见雀悲。

拔剑捎^[8]罗网，黄雀得飞飞^[9]。

飞飞摩苍天^[10]，来下谢少年。

注释

[1]野田黄雀行:《乐府诗集》收于《相和歌·瑟调曲》,是曹植后期的作品。

[2]高树:喻居高临下的朝廷。悲风:凄厉的寒风,喻阴暗的政治气氛。

[3]扬其波:掀起波浪。大海扬波,比喻环境凶险。

[4]利剑:锋利的剑。这里比喻权势。

[5]结友:交朋友。何须:何必。

[6]鹞(yào):一种非常凶狠的鸟类,似鹰而小,俗称鹞子。罗:捕鸟用的网。

[7]罗家:设罗网捕雀的人。

[8]捎:除去。一作"削"。

[9]飞飞:自由飞行貌。

[10]摩:接近、迫近。摩苍天:形容黄雀飞得很高。

译文

高高的树木时常遭受狂风的吹袭,平静的海面被狂风吹得波浪迭起。

宝剑虽利却不在我的手掌之中,无援助之力而结交很多朋友又有何必!

你没看见篱笆上那可怜的黄雀,为躲避凶狠的鹞却又撞进网里?

张设罗网的人见到黄雀是多么欢喜,少年见到挣扎的黄雀不由心生怜惜。

拔出利剑对着罗网用力挑去,黄雀才得以飞离那受难之地。

振展双翅飞上苍茫的高空,获救的黄雀又飞来向少年表示谢意。

作者简介

曹植(192—232),字子建,曹操第三子,曹丕的弟弟。曹植诗以五言为主,前期作品中有少数反映社会动乱和诗人建功立业的思想,情调比较昂扬。后期作品,大都是描写他个人政治上遭受迫害的生活和抒发怀才不遇的愤懑心情。诗歌语言精练,辞采华茂,描绘形象生动细致,对五言诗的发展影响很大。有《曹子建集》。

导读

史载,建安二十四年(219),曹操借故杀了曹植亲信杨修,次年曹丕继位,又杀了曹植知友丁氏兄弟。曹植身处动辄得咎的逆境，无力救助友人，深感愤愤，内心十分痛苦，只能写诗寄意。他苦于手中无权柄，故而在诗中塑造了一位"拔剑捎罗网"、拯救无辜者的少年侠士，借以表达自己的心曲。此诗开端，诗人以"高树多悲风，海水扬其波"的意象渲染出浓郁的悲剧气氛，隐喻当时政治形势的险恶；而少年拔剑捎网的形象则寄寓着诗人冲决罗网、一试身手的热切愿望。全诗采用比兴手法，高树、悲风、海水、大波、黄雀、鹞子、罗网、青天、少年、利剑，形象叠现，寓意深刻，抑郁愤懑，苍劲悲凉，是曹植后期的重要作品。

13

咏怀·夜中不能寐

◇ 阮籍（魏）

夜中不能寐，起坐弹鸣琴[1]。

薄帷鉴明月[2]，清风吹我襟。

孤鸿[3]号[4]外野，翔鸟[5]鸣北林[6]。

徘徊将何见？忧思独伤心。

注释

[1]夜中不能寐,起坐弹鸣琴:意思是因为忧伤,到了半夜还不能入睡,就起来弹琴。夜中:中夜、半夜。

[2]薄帷鉴明月:明亮的月光透过薄薄的帐幔照了进来。薄帷:薄薄的帐幔。鉴:照。

[3]孤鸿:失群的大雁。

[4]号:鸣叫、哀号。

[5]翔鸟:飞翔盘旋着的鸟。

[6]北林:《诗经·秦风·晨风》:"鴥(yù)彼晨风,郁彼北林。未见君子,忧心钦钦。"后人往往用"北林"一词表示忧伤。

译文

深夜难眠,起坐弹琴。

单薄的帷帐照出一轮明月,清风吹拂着我的衣襟。

孤鸿在野外悲号,翔鸟在北林惊鸣。

徘徊逡巡,能见到什么呢?不过是独自伤心罢了。

作者简介

阮籍(210—263),字嗣宗,陈留尉氏(今属河南)人,"建安七子"之一阮瑀的儿子,"竹林七贤"的主要成员。阮籍生活在司马氏集团向曹氏集团夺权斗争最激烈的时期。他对司马氏政权不满,但又不敢正面反抗,只能用纵酒、谈玄做消极抵抗。他的诗作时有揭露和批判现实之处,但写得较为隐晦曲折。有《阮步兵集》。

导读

此诗起首,诗人就把读者引入了一个孤冷凄清的夜境:"夜中不能寐,起坐弹鸣琴。"诗人在此众生入梦之时,却难以入睡,他披衣起坐,弹响了抒发心曲的琴弦。这两句通过动作描写,婉转地表达了诗人心中的隐忧。三、四句诗人进一步描写这个不眠之夜:诗人独处空室,只见月色正浓,照在薄薄的帷幔上,寒气逼人;清冷的夜风撩动人的衣襟。这两句写目之所见,身之所感。隐约朦胧的月光勾起人生变幻无常的伤感；寒风吹透衣襟，带给人无处逃遁的寒冷感，这正是诗人身处乱世，饱受惊惧侵袭的生动传达。五、六句，写耳之所闻，目之所见，从听觉和视觉上衬托出了夜的死寂。从摩情表意来说，孤鸿乃失群之雁，是诗人自喻。夜则喻指司马氏集团制造的恐怖氛围。"北林"化用《诗经》"鴥彼晨风，郁彼北林。未见君子，忧心钦钦"（《秦风·晨风》）之典，从而暗含了思念与忧心之意。"北林"与"外野"一起进一步构成了凄清幽冷之境界。结尾二句"徘徊将何见？忧思独伤心"，徘徊又能见到什么呢？四周之景色皆令人生悲，自己追寻的东西却无处可见。于是点出全诗的主旨：只有忧伤伴我独自伤心。末句画龙点睛，将前面诸句的意蕴一语道破，给全诗蒙上一层孤独忧伤的氛围。

14
咏史·郁郁涧底松

◇ 左思（晋）

郁郁涧底松[1]，离离山上苗[2]。

以彼径寸茎[3]，荫此百尺条[4]。

世胄蹑[5]高位，英俊沉下僚[6]。

地势使之然，由来非一朝[7]。

金张藉旧业，七叶珥汉貂[8]。

冯公岂不伟，白首不见招[9]。

📋 注释

〔1〕郁郁:茂密苍绿的样子。涧:两山之间。涧底松:比喻才高位卑的寒士。

〔2〕离离:轻细下垂的样子。苗:初生的草木。山上苗:山上小树。

〔3〕彼:指山上苗。径寸茎:即直径一寸粗的茎干。

〔4〕荫:遮蔽。此:指涧底松。百尺条:百尺高的大树。条:树干。

〔5〕世胄:世家子弟。蹑(niè):履、登。

〔6〕下僚:下级官员,即属员。沉下僚:沉没于下级的官职。

〔7〕地势使之然,由来非一朝:这种情况恰如涧底松和山上苗一样,是地势造成的,其所从来久矣。

〔8〕金:指汉金日磾(jīn mì dī),他家自汉武帝到汉平帝,七代为内侍。(见《汉书·金日传》)张:指汉张汤,他家自汉宣帝以后,有十余人为侍中、中常侍。《汉书·张汤传赞》云:"功臣之世,唯有金氏、张氏亲近贵宠,比于外戚。"七叶:七代。珥(ěr):插。珥汉貂:汉代侍中、中常侍的帽子上,皆插貂尾。这两句是说金张两家的子弟凭借祖先的世业,七代做汉朝的贵官。

〔9〕冯公:指汉冯唐,他曾指责汉文帝不会用人,年老了还做中郎署长的小官。伟:奇。招:召见。不见招:不被重用。这两句是说:冯唐难道不奇伟吗,年老了还不被重用。以上四句引证史实说明"世胄蹑高位,英俊沉下僚"的情况由来已久。

➡ 译文

> 茂盛葱翠的松树生长在山涧底,风中低垂摇摆着的小树生长在山顶上。
>
> 由于生长的地势高低不同,山顶径寸的小树,却能遮盖涧底百尺之松。
>
> 世家子弟能登上高位获得权势,有才能的人却被埋没在低级职位中。
>
> 这种情况恰如涧底松和山上苗一样,是地势造成的,其所从来久矣。
>
> 汉代金、张二家就是依靠了祖上的遗业,子孙七代做了高官。
>
> 冯唐难道还不算是个奇伟的人才吗?可就因为出身寒微,等到白头仍不被重用。

♦ 作者简介

左思(约250—305),字太冲,临淄(今山东淄博)人。左思出身寒素,生活于门阀制度已经形成的西晋时代,虽博学多才,但郁沉下僚,仅官秘书郎。左思的诗,内容主要反映寒士和门阀之间的矛盾,揭露门阀制度的不合理,表达自己建功立业的愿望。他的诗,意气豪迈,语言简劲,不事雕琢。有《左太冲集》。

导读

"郁郁涧底松"四句,以比兴手法表现了当时人间的不平。以"涧底松"比喻出身寒微的士人,以"山上苗"比喻世家大族子弟。仅有一寸粗的山上树苗竟然遮盖了涧底百尺长的大树,从表面看来,写的是自然景象,实际上诗人借此隐喻人间的不平,包含了特定的社会内容。形象鲜明,表现含蓄。

"世胄蹑高位"四句,写当时的世家大族子弟占据高官之位,而出身寒微的士人却沉没在低下的官职上。这种现象就好像"涧底松"和"山上苗"一样,是地势使他们如此,由来已久,不是一朝一夕的事。至此,诗歌由隐至显,比较明朗。这里,以形象的语言,有力地揭露了门阀制度所造成的不合理现象。从历史上看,门阀制度在东汉末年已经有所发展,至曹魏推行"九品中正制",对门阀统治起了巩固作用。西晋时期,由于"九品中正制"的继续实行,门阀统治有了进一步的加强,其弊病也日益明显。左思此诗从自身的遭遇出发,对时弊进行了猛烈的抨击,具有重要的政治意义。

"金张藉旧业"四句,紧承"由来非一朝"。内容由一般而至个别、更为具体。金,指金日磾家族。据《汉书·金日磾传》载,汉武帝、昭帝、宣帝、元帝、成帝、哀帝、平帝七代,金家都有内侍。张,指张汤家族。据《汉书·张汤传》载,自汉宣帝、元帝以来,张家为侍中、中常侍、诸曹散骑、列校尉者凡十余人。"功臣之世,唯有金氏、张氏,亲近宠贵,比于外戚"。这是一方面。另一方面是冯公,即冯唐。他是汉文帝时人,很有才能,可是年老而只做到中郎署长这样的小官。这里以对比的方法,表现"世胄蹑高位,英俊沉下僚"的具体内容,并且,紧扣《咏史》这一诗题。

这首诗以涧底松、山上苗起兴,构成了自然界高与下的不平画面,并与"世胄蹑高位""英俊沉下僚"的人间不平形成对照,通过对比象征的手法,深刻地揭示了世家子弟的庸才盘踞高位、身世孤寒的英俊屈居下属的不合理现实,为古今被压抑者鸣不平。

15
读山海经[1]（其十）

◇ 陶渊明（晋）

精卫衔微木[2]，将以填沧海。

刑天[3]舞干戚，猛志[4]固常在。

同物[5]既无虑，化去[6]不复悔。

徒设在昔心[7]，良辰讵可待[8]！

注释

[1] 山海经：一部记述古代山川异物、神话传说的书。

[2] 精卫：古代神话中鸟名。据《山海经·北山经》及《述异记》卷上记载，古代炎帝之女精卫，因游东海淹死，灵魂化为鸟，经常衔木石去填东海。衔：用嘴含。微木：细木。

[3] 刑天：神话人物，因和天帝争权，失败后被砍去了头，但他不甘屈服，以两乳为目，以肚脐为嘴，仍然挥舞着盾牌和板斧。（《山海经·海外西经》）

[4] 猛志：勇猛的斗志。

[5] 同物：精卫既然淹死而化为鸟，就和其他的相同，即使再死也不过从鸟化为另一种物，所以没有什么忧虑。

[6] 化去：刑天已被杀死，化为异物，但他对以往和天帝争神之事并不悔恨。

[7] 徒：徒然、白白地。在昔心：过去的壮志雄心。

[8] 良辰：实现壮志的好日子。讵：表示反问，岂。这两句是说精卫和刑天徒然存在昔日的猛志，但实现他们理想的好日子岂是能等待得到！

译文

精卫衔着微小的木头，将要去填平沧海。

刑天挥舞着盾牌和大斧，刚猛的斗志始终存在。

同样是生灵，即使死了化为异物，也没有什么忧虑，也没有什么悔恨。

昔日的雄心徒然存在，实现壮志的日子岂可等待！

作者简介

陶渊明（约365—427），字元亮，又名潜，私谥"靖节"，自称"五柳先生"，世称靖节先生。浔阳柴桑人。东晋伟大的诗人、散文家。曾任江州祭酒、建威参军、镇军参军、彭泽县令等职，最末一次出仕为彭泽县令，80多天便弃职而去，从此归隐田园。他是我国第一位田园诗人，被称为"古今隐逸诗人之宗"。代表作有《饮酒》《归园田居》《归去来兮辞》等。

导读

一提起陶渊明，大家的脑海里立即浮现一个漫步田园、悠然采菊的诗人形象。中学课本里都有《归去来兮辞》《饮酒》《桃花源记》等诗文，陶渊明自然成了归隐田园、情致高远的文人代表。其实，每一个生命都有其复杂性。这首《读山海经（其十）》所体现出的诗情和人格特点与我们熟悉的"平淡自然"风格颇有不同，是一种"金刚怒目式"的面貌。对这两种截然不同风格的观照，会让我们看到一个更丰富也更真实的陶渊明。

《读山海经》组诗是陶渊明晚年的作品。从39岁躬耕农亩，亲自参加劳动以来，已有20多个年头。他已冲破了当时文人比较鄙视劳动的意识。在劳动中，在与农民的交往中，他深刻感受到了底层百姓生活的贫穷、艰辛，平等的思想渐在心田根植。

此时，刘裕已独揽了东晋的军政大权，代晋称帝。而社会黑暗依旧，战乱频仍。陶渊明对此充满了强烈的义愤，统治者两次召他出仕，他都拒绝了。

对农民苦痛生活的深味与对统治者的不满混合于一体，使陶渊明在作品中体现了强烈的批判精神，而这首《读山海经（其十）》就集中体现了这种精神。

诗歌的前半部分由精卫、刑天两个神话故事说开来。他们两个在神话故事里都是为了复仇而来，而且在对手沧海、天帝面前显然有点不自量力、蚍蜉撼树的意味。强烈的大小、强弱对比，凸显了反抗的精神。形式或许有些荒诞，但内核却十分严肃，读过之后，令人肃然起敬。诗句中的衔、填、舞三个动词很传神，进击的精卫与刑天跃然纸上。一句"猛志固常在"收拢上半部，沉郁悲歌中的至死不屈令人动容。精卫、刑天似乎成了陶渊明疾恶的化身，一扫文弱书生之气。

诗歌的后半部分进一步抒写感慨。精卫与刑天的生前原型人物是不一样的，死后也都化而为了别物，但既然生前都是无所忧虑的，那么死后又怎会悔恨？在生死中为上句"猛志固常在"做了最好的注释。最后两句几多感叹。壮志雄心徒然在胸，复仇的时机仍未等到。悲情之中，分明有陶渊明对自己的感慨。他不也是心存壮志而不得伸展吗？少年时代"大济苍生"而如今又如何呢？

这首诗中"猛志固常在"一句历来为人不忘，不屈斗争的精神使人称颂。一千多年过去了，这种斗争的精神已成了中华民族精神品格的一部分。我们用陶渊明的诗歌《咏荆轲》中的一句来歌颂他自己，一点也不为过，那就是"其人虽已没，千载有余情"。

16
拟行路难·泻水置平地

◇ 鲍照（南朝宋）

泻水置平地，各自东西南北流[1]。

人生亦有命，安能[2]行叹复坐愁！

酌酒以自宽[3]，举杯断绝[4]歌《路难》。

心非木石岂无感？吞声踯躅[5]不敢言。

注释

[1]泻：倾，倒。各自东西南北流：紧承上句，以水泻平地各奔东西，比喻人生有命，富贵坎坷各不相同。这是诗人无可奈何的愤激之语。

[2]安能：怎能。

[3]自宽：自我宽解。

[4]断绝：停止。这句是说因要饮酒而中断了《行路难》的歌唱。

[5]吞声：声音欲发又咽止、隐忍的意思。踯躅（zhí zhú）：徘徊不前的样子。

译文

就像往平地上倒水，水会向不同方向流散一样，人生贵贱穷达是不一致的。

人生是既定的，怎么能成天叹息又哀愁呢！

喝点酒来宽慰自己，歌唱《行路难》，歌声因举杯饮酒而中断。

人心又不是草木，怎么会没有感情？欲说还休，欲行又止，不再多说什么。

作者简介

鲍照（约414—466），字明远，东海（今山东郯城）人。他出身微贱，在南朝门阀森严的社会里，一生潦倒，仅做过临淮王刘子顼前军参军，因称"鲍参军"。鲍诗继承和发扬了汉乐府"感于哀乐，缘事而发"的精神，在乐府、拟古诗里，常常表现出诗人对门阀制度抑郁不平的情绪，有时还揭示了民生疾苦。有《鲍参军集》。

导读

诗歌开首两句由泻水于地起兴，以水流方向的不一，来喻指人生穷达的各殊。这是一个很有名的比喻，它能够从平凡的日常生活现象中揭示深刻的哲理，耐人咀嚼，引人感悟。

次二句承接上文：既然人的贵贱穷达就好比水流的东西南北一样，是命运注定、不可勉强的，那就不必烦愁苦怨、长吁短叹不已了。表面上，这是叫人们放宽心胸，承认现实，其实内里蕴蓄着无限的酸辛与愤慨。把社会生活中一切不正常的现象归之于"命"，这本身就包含着无言的控诉。

再往下,诗思的发展仍然循着原来的路。认了"命",就应设法自我宽解,而喝酒正是消愁解闷的好办法。诗人于是斟满美酒,举起杯盏,大口大口地喝起来,连歌唱《行路难》也暂时中断了,更不用说其余的牢骚和感叹。

最后,矛盾解决了,"心非木石岂无感"一句陡然翻转,用反诘语气强调指出:活着的心灵不同于无知的树木、石块,怎么可能没有感慨不平!简简单单七个字,把前面诸种自宽自解、认命听命的说法一笔抹倒,让久久掩抑在心底的悲愤之情如火山般喷射出来,其热度和力度足以令人震颤。"不敢言"三字蕴藏着无穷的含义,表明诗人所悲、所感、所愤激不平的并非一般小事,而有着重要的社会政治内容;越是不敢言说,越见出感愤的深切。经过诗篇结末两句这样一纵一收、一扬一抑,就把诗人内心悲愤难忍、起伏顿宕的情绪,淋漓尽致地表达出来了。

17
蝉

◇ 虞世南（唐）

垂緌[1]饮清露[2]，流响[3]出疏[4]桐。

居高声自远，非是藉[5]秋风。

📋 注释

[1]垂緌（ruí）：古人结在颔下的帽缨下垂部分，蝉的头部伸出的触须，形状与其有些相似。

[2]清露：纯净的露水。古人以为蝉是喝露水生活的，其实是刺吸植物的汁液。

[3]流响：指连续不断的蝉鸣声。

[4]疏：开阔、稀疏。

[5]藉（jiè）：凭借。

➪ 译文

蝉垂下像帽缨一样的触角吸吮着清澈甘甜的露水，响亮的鸣叫声从疏朗的梧桐树枝间传出。

蝉声远传的原因是蝉居住在高树上，而不是借助了秋风的力量。

👤 作者简介

虞世南（558—638），字伯施，越州（今浙江）余姚县人，书法家、文学家、诗人、政治家。虞世南生性沉静，执着好学，直言敢谏，时称"德行、忠直、博学、文词、书翰"五绝。善书法，与欧阳询、褚遂良、薛樱合称"初唐四大家"。所编的《北堂书钞》，为唐代四大类书之一，是中国现存最早的类书之一。原有诗文集三十卷，已散失不全。

📖 导读

这是初唐名臣虞世南的一首咏物诗，这首托物寓意的小诗，是唐人咏蝉诗中最早的一首，很为后世人称道。

咏物诗是托物言志的诗歌，通过对事物的咏叹体现作者的人文思想，咏物中多有寄托，咏物的深层意义是咏人。这首诗从形体、习性、声音等三个方面写出了蝉的特点，而句句又寓意着诗人高洁清远的品行志趣，物我互释。

第一句"垂緌饮清露"，表面上是写蝉的形状与习性，实际上处处包含比兴象征。"緌"是古人结在颔下的帽带下垂部分，蝉的头部有伸出的触须，形状好像下垂的冠缨，故说"垂緌"。古人认为蝉餐风饮露，生性高洁，故说"饮清露"。"垂緌"暗指显宦身份，在一般人看来，"显宦""清客"是有矛盾甚至是不相容的，但作者却把它们统一在蝉的形象中了。这"贵"与"清"的统一，正是为三、四两句的"清"无须借"贵"作反铺垫，笔意颇为巧妙。蝉用细嘴吮吸清露，暗示着冠缨高官要戒绝腐败，追求清廉；蝉居住在挺拔疏朗的梧桐上，与那些在腐草烂泥中打滚的虫类自然不同，因此它的声音才能够不同凡响。

第二句"流响出疏桐"写蝉声清脆响亮，回荡在树林之间。梧桐是高树，用一"疏"字，更见其枝干的清高挺拔，且与末句"秋风"相呼应。"流响"二字形容蝉声的悦耳长鸣，用一"出"字，把蝉的鸣叫声形象化了，仿佛使人感受到蝉鸣的响度与力度。有了这一句对蝉声传播的生动描写，后两句的发挥才字字生根。

三、四两句"居高声自远，非是藉秋风"，是全诗的"点睛"之笔。在诗人的笔下，蝉清新脱俗，从不食人间烟火，只饮少量的甘露，不沾五谷杂粮。不仅如此，它的鸣叫声也是那样的清脆悦耳，独特悠长，像流水一般静静地从梧桐的叶子里传出，令诗人感到无比的舒适。蝉声悠远，一般人往往以为是秋风的作用，但诗人却认为是"居高"的缘故，并非秋风之力。这既是对蝉高洁品质的赞美，也是诗人的一种理想追求。其所隐喻的深层意义是，做官做人应该立身高处，德行高洁，才能说话响亮，声名远播。这种居高致远完全是来自人格的力量，绝非靠权势、关节和捧场所能得到的。两句中的"自"字、"非"字，正反相生，充满张力，简练传神，比兴巧妙。

虞世南是唐朝凌烟阁二十四功臣之一，因博学多能，高洁耿介，敢于直言上谏，为贞观之治做出过独特贡献，深得唐太宗敬重。这首诗运用托物寓意的表现手法，借助具体的对象表达诗人自己的情操和夫子之道，短短4句，既简练传神地写出了蝉栖高饮露、蝉声远传的特征，又巧妙地表达出对人的内在品格的赞美，全诗理趣情致跃然纸上，引人入胜，与骆宾王、李商隐的《咏蝉》同为唐代文坛咏蝉诗三绝。

18
秋夜喜遇王处士[1]

◇ 王绩（唐）

北场[2]芸藿[3]罢，东皋[4]刈[5]黍[6]归。

相逢秋月满，更值夜萤[7]飞。

注释

[1] 处士：对有德才而不愿做官隐居民间的人的敬称。

[2] 北场：房舍北边的场圃。

[3] 芸藿（huò）：锄豆。芸，通"耘"，指耕耘。藿，指豆叶。

[4] 东皋（gāo）：房舍东边的田地。皋，水边高地。

[5] 刈（yì）：割。

[6] 黍（shǔ）：即黍子。单子叶禾本科植物，生长在北方，耐干旱。籽实淡黄色，常用来做黄糕和酿酒。

[7] 萤：萤火虫。

译文

在房屋北边的菜园锄豆完毕，又从东边田地里收割黄米归来。

在这月圆的秋夜，恰与老友王处士相遇，更有星星点点的秋萤穿梭飞舞。

作者简介

王绩（约 589—644），字无功，号东皋子，绛州龙门县人。隋唐大臣，隋末举孝廉，除秘书正字，出授六合县丞。面对天下大乱，弃官还乡，躬耕于东皋山（今山西省河津县东皋村），自号"东皋子"。王绩个性简傲，嗜酒，能饮五斗，自作《五斗先生传》，撰《酒经》《酒谱》。其诗近而不浅，质而不俗，真率疏放，有旷怀高致，直追魏晋风骨。

导读

由隋入唐的王绩虽名气不大，但目前有记录的第一首五律就是他的《野望》，所以他是公认的五律的奠基人。王绩身处隋唐之间的乱世，看淡仕途，三仕三隐，诗风朴实自然，摆脱了齐梁华靡浮艳的旧习，在唐初诗坛独树一帜。

《秋夜喜遇王处士》是一首古体小诗，描写田园生活情趣，语言质朴平淡却蕴意隽永。题目点明了时间、人物、事件以及诗人当时的心情。开头两句"北场芸藿罢，东皋刈黍归"写在田园劳动归来，"北场""东皋"泛指田野，东晋诗人陶渊明在《归去来辞》中有"登东皋以舒啸"的诗句，此处借用"东皋"有点明归隐躬耕身份之意。"芸藿"就是锄豆，它和"刈黍"一样都是秋天农事活动。这两句看似随意平淡的叙述，透露出的却是诗人对田园生活的熟悉和悠闲自在的情趣。"相逢秋月满,更值夜萤飞。"在一个秋天的夜晚,满月如轮,明亮的月光映照着宁静的村庄和田野,两位归隐田园的老朋友不期而遇了。月光清澈,流萤飞舞,给这宁静安闲山村秋夜增添了流动意致和盎然生机,又反过来衬托出了整个秋夜山村的宁静安恬。这里对两人相遇场面没有做任何描写也没有一笔写"喜"字,但透过这幅由溶溶明月、点点流萤所组成的山村秋夜画图,借助于"相逢""更值"这些感情色彩浓郁词语,两位老朋友别有会心的微笑和得意忘言的情景便鲜明生动地呈现在读者面前了。

这首诗简短含蓄,寥寥数语即写出了乡居秋夜特有的美,色调明朗富于生活气息,既保持朴素自然优点又融情入景,以情驭景,以景托情,从中可以看到陶渊明对他的影响,而从田园诗的发展上看,这首诗无疑开盛唐田园诗的先声。

19
送杜少府之任蜀州

◇ 王勃（唐）

城阙[1]辅[2]三秦[3]，风烟望五津[4]。

与君离别意，同是宦游[5]人。

海内存知己，天涯若比邻。

无为在歧路[6]，儿女共沾巾。

注释

[1]城阙（què）：指唐代都城长安。

[2]辅：护卫。

[3]三秦：现在陕西省一带；"辅三秦"即以三秦为辅。

[4]五津：四川境内长江的五个渡口。

[5]宦游：在外地做官。

[6]歧（qí）路：岔路，指分别之处。

译文

> 三秦环拱京城，岷江渡口烟雾溟溟。
>
> 离别时说不尽千言万语，只因同是离乡之人。
>
> 虽然离别但心灵相通，远隔千山万水也如近邻。
>
> 不要在岔路口徘徊伤心，更莫学儿女情长泪湿衣巾。

作者简介

王勃（650—676），字子安，河津人，唐朝文学家，文中子王通之孙，与杨炯、卢照邻、骆宾王共称"初唐四杰"。王勃聪敏好学，六岁能文，下笔流畅，被赞为"神童"。九岁时，读秘书监颜师古《汉书注》，作《指瑕》十卷，以纠正其错。因写作《斗鸡檄》，坐罪免官。后游览巴蜀山川景物，创作大量诗文。上元三年（676）八月，王勃自交趾探望父亲返回时，渡海溺亡，年27岁。王勃擅长五律和五绝，著有《王子安集》《滕王阁序》等。

导读

这是王勃在长安送一位朋友去四川做官时写的一首抒情诗。诗的开头不说离别，只描画出这两个地方的形势和风貌，送别的情意自在其中了。诗人身在长安，连三秦之地也难以一眼望尽，远在千里之外的四川是根本无法看到，这里运用夸张手法，展现壮阔的境界。这两句调子高昂，属对精严，韵味深沉，对偶不求工整，疏散，固然由于当时律诗还没有一套严格的规定，却有其独到的妙处。三、四句以散调相承，以实转虚，文情跌宕。"与君离别意，同是宦游人。"彼此离别的意味如何？为求官漂泊在外的人，离乡背井,已有一重别绪,彼此在客居中话别,又多了一重别绪,其中真有无限凄恻。

五、六句,境界又从狭小转为宏大,情调从凄恻转为豪迈。"海内存知己,天涯若比邻。"远离分不开知己,只要同在四海之内,就是天涯海角也如同近邻一样,一秦一蜀又算得什么呢?诗句高度地概括了"友情深厚,江山难阻"的情景,表现友谊不受时间的限制和空间的阻隔,是永恒的,无所不在的,诗人所抒发的情感是乐观豁达的。这两句因此成为远隔千山万水的朋友之间表达深厚情谊的不朽名句。尾联"无为在歧路,儿女共沾巾。"点出"送"的主题。

全诗开合顿挫,气脉流通,意境旷达,音调明快爽朗,语言清新高远,内容独树一帜。它摆脱了一般赠别诗的俗套,把离情别绪写得气象壮阔,情调昂扬,体现出诗人高远的志向、豁达的情趣和旷达的胸怀。

20
从军行[1]

◇ 杨炯（唐）

烽火照西京[2]，心中自不平。

牙璋辞凤阙[3]，铁骑绕龙城[4]。

雪暗凋[5]旗画，风多杂鼓声。

宁为百夫长[6]，胜作一书生。

注释

[1]从军行：乐府《相和歌·平调曲》旧题，多写军旅生活。

[2]烽火：古代边防告急的烟火。西京：长安。

[3]牙璋：古代发兵所用之兵符，分为两块，相合处呈牙状，朝廷和主帅各一半。指代奉命出征的将帅。凤阙：阙名。汉建章宫的园阙上有金凤，故以凤阙指皇宫。

[4]龙城：又指龙庭，在今蒙古国鄂尔浑河的东岸。汉时匈奴的要地，汉武帝派卫青出击匈奴，曾在此获胜。这里指塞外敌方据点。

[5]凋：原意指草木枯败凋零，此指失去了鲜艳的色彩。

[6]百夫长：一百个士兵的头目，泛指下级军官。

译文

边塞敌军进犯的警报烽火传到了长安，壮士的心情自然不再平静。

朝廷的将帅辞别皇宫，领命率兵出征，精锐的骑兵包围了敌军的营寨。

大雪纷飞，军旗黯然失色，狂风怒吼，夹杂阵阵战鼓。

我宁愿做个普通的百夫长浴血杀敌，也胜过作一个百无一用的书生啊。

作者简介

杨炯（650—约695），初唐著名诗人。弘农华阴（今陕西华阴）人。10岁举神童，待制弘文馆。27岁应制举，补校书郎。后充崇文馆学士，迁太子詹事司直。他恃才傲物，因讥刺朝士的矫饰作风而遭人忌恨，武后时遭谗被贬为梓州司法参军。后出为衢州盈川令，卒于官。与王勃、骆宾王、卢照邻齐名，世称"王、杨、卢、骆"，为"初唐四杰"。工诗，擅长五律，其边塞诗较著名。有《盈川集》。

导读

全诗描写了敌军来犯、将帅出征、大军围城、将士苦战四个方面的场景，除了首联，其余三联都对仗工整，读起来很有气势和节奏感。短短40个字，用最有特色的景物完整地叙述了一幅从军情告急到战争结束的宏大篇章，场景跨度大而不乱。

首句"烽火照西京"，表明边境军情紧急。诗人通过烽火这一形象化的景物，把军情的紧急表现了出来。一个"照"字渲染了紧张气氛。用夸张的手法写外患严重，生动传神地把战事紧急的军情传递给读者,并引出下文。"心中自不平",是由烽火而引起的,国家兴亡,匹夫有责,他不愿再把青春年华消磨在笔砚之间。一个"自"字,表现了书生那种由衷的爱国激情,写出了人物的精神境界。

第三句"牙璋辞凤阙",描写的是将领率军出征的场景。这句用"牙璋""凤阙"体现严肃、庄重的感觉。我们好像看到身披铠甲的将军从皇帝手中郑重地接过兵符,立下军令状,然后率领大军浩浩荡荡地奔赴前线的场景。第四句"铁骑绕龙城",场景一下子就移到了战场上。这句体现了我军将士的骁勇善战,直捣虎穴,也表达了诗人相信我军出征必胜的信心。一个"绕"字,形象地写出了唐军包围敌人的军事态势。

五、六句"雪暗凋旗画,风多杂鼓声",则是描写战争环境的残酷和艰难。诗人采用景物描写和气氛烘托的艺术手法从侧面来描写一场激战。"雪暗凋旗画",从人的视觉角度,写出了边塞环境的恶劣,大雪弥漫,遮天蔽日,连军旗上的彩画都显得黯然失色,表现了战斗的残酷。"风多杂鼓声"则从人的听觉角度,烘托出战斗的激烈和悲壮。这两句有声有色,各臻其妙,写得十分传神。

尾联"宁为百夫长,胜作一书生",诗人运用直抒胸臆的抒情方式,写作者宁愿当一个低级军官,驰骋沙场,为保卫边疆而战,也不愿作一个置身书斋的书生,以此抒发建功立业、报效国家的豪情壮志。

这首诗描写一个读书士子从军边塞、参加战斗的全过程。仅仅40个字,既揭示出人物的心理活动,又渲染了环境气氛,笔力极为雄劲。诗人抓住整个过程中最具代表性的片断,采用跳跃式的结构,作了形象概括的描写,全诗节奏明快,给人一种一气直下、一往无前的气势。

大唐一朝,始终贯穿着"尚武"的社会风气,文人普遍投笔从戎,赴边求功。这首诗以及很多其他诗歌,都反映了文人这一心态。比如李贺的《南园》:"男儿何不带吴钩?收取关山五十州;请君暂上凌烟阁,若个书生万户侯!"初唐四杰的从军、出塞之作,表现知识分子立功边陲的壮志豪情,慷慨雄壮,令人感动,对盛唐边塞诗的高度繁荣和成熟,有很大的影响。

21
度荆门望楚[1]

◇ 陈子昂（唐）

遥遥[2]去巫峡[3]，望望[4]下章台[5]。

巴国[6]山川尽，荆门烟雾[7]开。

城分苍野外，树断白云隈[8]。

今日狂歌客[9]，谁知入楚来。

注释

[1]荆门：山名。《水经·江水注》卷三十四说："江水又东历荆门、虎牙之间。荆门在南，上合下开，山南；有门像虎牙在北；此二山，楚之西塞也。"

[2]遥遥：形容距离远。

[3]巫峡：长江三峡之一。一称大峡。西起四川省巫山县大溪，东至湖北省巴东县官渡口。因巫山得名。两岸绝壁，船行极险。

[4]望望：瞻望貌；依恋貌。

[5]章台：即章华台。春秋时楚国离宫。

[6]巴国：周姬姓国，子爵，封于巴，即今四川巴县。汉末刘璋又更永宁名巴郡，固陵名巴东，安汉名巴西，总称三巴。

[7]烟雾：泛指烟、气、云、雾等。

[8]隈（wēi）：山水尽头或曲深处。"白云隈"，即天尽头。

[9]狂歌客：春秋时期楚国人陆通，字接舆，是位隐士，平时"躬耕以食"，佯狂避世不仕。孔子来到楚国，他唱着"凤兮"之歌讥讽孔子，所以被人们称为楚狂接舆。后常用为典，亦用为狂士的通称。

译文

远远地远远地离开巫峡，一再瞻望着走下章华台。

过尽了巴国的山山水水，荆门在蒙蒙烟雾中敞开。

城邑分布在苍茫田野外，树林在白云生处被截断。

今天我狂傲高歌的行客，谁知竟会走进楚天中来。

作者简介

陈子昂（约659—700），字伯玉，梓州射洪（今属四川）人。唐代文学家，诗人，初唐诗文革新人物之一。因曾任右拾遗，后世称陈拾遗。陈子昂青少年时轻财好施，慷慨任侠，文明元年（684）举进士，以上书论政得到女皇武则天重视，授麟台正字。后升右拾遗，直言敢谏，曾因"逆党"反对武后而株连下狱。曾两度从军边塞，对边防事务颇有远见。陈子昂存诗共100多首，其诗风骨峥嵘，寓意深远，苍劲有力。其中最有代表性的有《登幽州台歌》《登泽州城北楼宴》和组诗《感遇诗三十八首》《蓟丘览古赠卢居士藏用七首》等。

📖 导读

《度荆门望楚》写于 679—680 年,作者才 21 岁,初次离开家乡四川,准备东入洛阳求取功名,和唐王朝一样年轻的诗人,对前途充满了信心和憧憬,对外面的世界充满了新奇之感。当他经荆门入楚时,写下了这首诗,诗中洋溢着年轻的诗人对楚地风光的新鲜感受和走向人生新天地的欣喜之情。

首联两句写行程:"遥遥去巫峡,望望下章台。""遥遥"写出了离家乡越来越远,"望望"是望了又望,表现要饱览楚地风光的急切心情,诗人乘一叶扁舟顺流而下,穿过巴山巫峡,飞快驶入楚国故地,这个连珠对,尽展诗人的兴奋喜悦之情。

颔联"巴国山川尽,荆门烟雾开"意思是巴国的山山水水一走完,在烟雾消散处,就是楚地荆门,一个"尽"字透露出与巴蜀山川告别的依依之情;一过荆门,天地忽然变得开朗,"开"字更传神地表达出"度荆门"后心胸豁然开朗和兴奋喜悦之情。此联分承前两句,"去、下、尽、开"四个动词连用,形象地表现了船行的轻快,使诗歌昂扬有力,气势流动。

颈联"城分苍野外,树断白云限"两句,对"烟雾开"处的楚地风光做具体形象的描绘。城邑分布在苍茫田野外,可见人烟稠密,城邑不孤;树木苍郁茂盛,碧树连天,一望无际。面对如此的大好美景,开阔气象,诗人情不自禁地要歌唱起来:"今日狂歌客,谁知入楚来!"春秋时期的楚狂接舆,是佯狂避世不仕的隐士,诗人用这个典故,是用接舆的才高自负比喻自己。但今天诗人狂歌入楚,不是为了隐居不仕,却是为了求取功名,施展抱负。一个"狂"字集中揭示了诗人初次离乡"入楚",走向人生广阔新天地的那种欣喜欲"狂"的感情,令人不由得联想到盛唐李白"仰天大笑出门去,我辈岂是蓬蒿人"的得意豪迈。

此诗笔法细腻,结构完整,景色描写场面开阔,情景交融,大自然的壮丽景象与诗人逸兴飞扬的形象交相辉映,使这首诗具有鲜明的时代特征和个性特征,无怪有人称之为初唐描写荆门形势的第一佳作。

22
访戴天山道士不遇[1]

◇李白（唐）

犬吠[2]水声中，桃花带露浓[3]。

树深[4]时见鹿，溪午不闻钟。

野竹分青霭[5]，飞泉挂碧峰。

无人知所去，愁倚[6]两三松。

📋 注释

[1]戴天山：在四川昌隆县北五十里，青年时期的李白曾经在此山中的大明寺读书。不遇：没有遇到。

[2]吠：狗叫。

[3]带露浓：挂满了露珠。露浓，一作雨浓。

[4]树深：树丛深处。

[5]青霭：青色的云气。

[6]倚：靠。

译文

隐隐的犬吠声夹杂在淙淙的流水声中，桃花带着几点露珠。

树林深处，常见到麋鹿出没。正午时来到溪边却听不见山寺的钟声。

绿色的野竹划破了青色的云气，白色的瀑布高挂在碧绿的山峰。

没有人知道道士的去向，我不由自主地靠着几株古松犯愁。

👤 作者简介

李白（701—762），字太白，号青莲居士，唐代伟大的浪漫主义诗人，在我国历史上，被称为诗仙。他与杜甫并称为"大李杜"。李白祖籍陇西成纪（今甘肃秦安），隋朝末年，迁徙到中亚碎叶城（今吉尔吉斯斯坦北部托克马克附近），李白即诞生于此。

5岁时，其家迁入绵州彰明县（今四川江油）。20岁时只身出川，开始了广泛漫游，南到洞庭湘江，东至吴、越，寓居在安陆（今湖北省安陆市）、应山（今湖北省广水市）。他到处游历，希望结交朋友，拜谒社会名流，从而得到引荐，一举登上高位，去实现政治理想和抱负理想。可是，十年漫游，却一事无成。他又继续北上太原、长安（今陕西省西安市），东到齐、鲁各地，并寓居山东任城（今山东省济宁市）。这时他已结交了不少名流，创作了大量优秀诗篇。李白不愿应试做官，希望依靠自身才华，通过他人举荐走向仕途，但一直未得人赏识。他曾给当朝名士韩荆州写过一篇《与韩荆州书》，以此自荐，但未得回复。

直到天宝元年（742），因道士吴筠的推荐，李白被召至长安，供奉翰林，文章风采，名震天下。李白初因才气为玄宗所赏识，后因不能见容于权贵，在京仅3年，就弃官而去,仍然继续他那飘荡四方的流浪生活。

安史之乱发生的第二年(756),他感愤时艰,曾参加了永王李璘的幕府。不幸,永王与肃宗发生了争夺帝位的斗争,兵败之后,李白受牵累,流放夜郎(今贵州境内),途中遇赦。晚年漂泊东南一带,依当涂县令李若冰,不久即病卒,享年 61 岁。

📖 导读

这是一首五言律诗,大约写于唐代开元初年,当时诗人还不到 20 岁,属于李白早期的作品。这首诗,在按年代顺序编辑的李白诗集中,常被放在第一篇。在这首五律中,诗人通过描述访友未遇的一天中的所见所闻所感,抒发了对祖国山水的热爱之情和对友人的真挚情谊。

全诗八句,前六句写往"访",重在写景,景色优美;末两句写"不遇",重在抒情,情致婉转。

"犬吠水声中,桃花带露浓。"首联是写,隐隐的犬吠声夹杂在潺潺的流水声中,桃花还噙着点点露珠。诗的开头展现出一幅幽深的桃源图景。首句写所闻,泉水叮咚,犬吠声声;次句写所见,桃花噙露,晶莹剔透。诗人缘溪而行,穿林进山,宜人景色使人流连忘返,并使人想到道士居住此中,正如处世外桃源,超尘拔俗。"带露浓"三个字,除了为桃花增色外,还点出了入山的时间是早晨,与下一联中的"溪午"相映照。

"树深时见鹿,溪午不闻钟。"颔联是写,树林深处,时见到麋鹿出没,正午时来到溪边却听不到山寺的钟声。这两句极写山中之幽静,暗示道士已经外出。因为鹿性喜静,常在林木深处活动。既然时见鹿,可见其幽静。正午时分,钟声杳然,唯有流水叮咚悦耳,这就更显出环境的宁静。环境清幽,原是方外本色,与首联所写的桃源景象正好相衔接。本联以"时见鹿"反衬"不见人";以"不闻钟"暗示道院无人,看似景语实又叙事,实乃妙语。

"野竹分青霭,飞泉挂碧峰。"颈联是写,修长的野竹划破了青色的云气,白色的瀑布高挂在碧绿的山峰上。诗人用笔巧妙而细腻:用一个"分"字来描画野竹、青霭两种近似的色调汇成一片绿色;用一个"挂"字,显示白色飞泉与碧绿山峰掩映成趣。显然由于道士不在,诗人百无聊赖,才游目四顾,细细品味起眼前的景色来。此联可以看出道士的淡泊与高洁,亦可体察到诗人访而不遇的怅然若失之情。

"无人知所去,愁倚两三松。"尾联是写,没有人知道道士的去向,我不由自主地靠着几株古松犯愁。诗人通过问询的方式，从侧面写出"不遇"的惆怅，用笔略带迂回，感情亦随势流转，情久不绝。

此作的构思并不复杂，可见李白早期的作品平易自然。诗人的所闻所见，都是为了突出访道士不遇的主题。全诗辞句纯用白描，景美情深。当然，这并不是说李白这首诗已经写得尽善尽美了，毕竟这是李白年轻时期的作品，他那种洒脱、酣畅、飘逸、雄浑、豪气的诗风特点并没有表现出来。我们将在后面的导读与鉴赏中安排几首他后期的作品，品鉴李白作为伟大的浪漫主义诗人所表现出来的独特风格。

23
静夜思^[1]

◇李白（唐）

床前明月光，疑^[2]是地上霜。

举头^[3]望明月，低头思故乡。

📋 注释

[1]静夜思：在静静的夜晚所引起的思念。

[2]疑：怀疑，以为。

[3]举头：抬头。

➡ 译文

明亮的月光洒在床前的窗户纸上，好像地上泛起了一层霜。

我禁不住抬起头来，看那天窗外空中的一轮明月，不由得低头沉思，想起远方的家乡。

📖 导读

"床前明月光，疑是地上霜。"诗歌的开头是平白的叙事，夜深人静，万籁俱寂，户外室内，没有一点声响，只有那宁静皎洁的月光，悄悄地照在床前的空地上，洒下了淡淡的清辉。在不经意间，低头一望，还以为是地上落了一层薄薄的秋霜呢。这显然是一种错觉。也许，作者本来已经睡着了，在睡梦中回到了家乡，可是却被强烈的思乡情怀唤醒，在朦朦胧胧中，错把地上的月光当作了秋霜亦未可知。"疑"字，用得很传神，细致地反映了当时似睡非睡、似醒非醒、恍恍惚惚的感觉，因为自己也隐约地意识到，在屋里是不应该有霜的，可见第一反应还是霜。至于为什么第一反应恰恰是秋霜，则又是颇为令人寻味的，因为秋霜历来是一种感伤的暗示，它表示这又是一年秋风起，唤起无数客子心中深藏的年华易逝的迟暮之感。对此，李白是深有体会的，"不知明镜里，何处得秋霜"（《秋浦歌》其十五）正是他内心的表白。在他的笔下，秋霜时而铺在了床前，时而又染在了两鬓，可见他把秋霜当作了一种寓意丰富的象征。而今夕何夕，月色如霜，虽然四下里没有一点声音，而天上的明月和地下的月光却好似在无声地倾吐着什么，使得诗人的内心再也无法平静了。他感到怦然心动，有一股同样是无声的却是不可抗拒的情感暗流在胸中涌动流淌。如霜的月光就好似一只看不见的手，无声地拨动了他的心弦，从而使他再也无法平静下来了。

"举头望明月，低头思故乡。"这时他已经完全清醒过来了，明白自己身处何地，当他抬起头来，顺着光线向上望去时，窗外那娟娟的月轮正静静地挂在夜空中。他一下子恍然大悟，明白了是什么触动了自己的心弦，原来就是那挥之不去、招之即来的思乡之情呀，它无所不在。白日里，有事的时候，它就静静地蛰伏在心灵的角落里，而到了此时，月亮挂在夜空中，月光洒在地面，双双都唤起他对家乡的思念，对亲人的挂牵。举头仰望，低头沉思，俯仰之间，神驰万里，真是一首"所谓无意于工而无不工者"（胡应麟《诗薮·内编》卷六）的自然天成之作。胡应麟甚至认为此诗乃是"妙绝古今"！

李白这首清新质朴、婉转如歌的小诗因为成功地反映了外出游子的静夜思乡之情，才获得了永久的艺术生命力。大概只要有离家不归的人们，就会有人在月下吟起这首百读不厌、体味不尽的《静夜思》吧！

24

蜀道难

◇ 李白（唐）[1]

噫吁嚱[2]，危乎高哉！

蜀道之难，难于上青天！

蚕丛及鱼凫[3]，开国何茫然[4]！

尔来[5]四万八千岁[6]，不与秦塞[7]通人烟[8]。

西当[9]太白[10]有鸟道[11]，可以横绝峨眉巅[12]。

地崩山摧[13]壮士死，然后天梯[14]石栈[15]相钩连。

上有六龙回日之高标[16]，下有冲波逆折[17]之回川[18]。

黄鹤[19]之飞尚[20]不得[21]过，猿猱[22]欲度愁攀援。

青泥[23]何盘盘[24]，百步九折[25]萦[26]岩峦[27]。

扪参历井[28]仰胁息[29]，以手抚膺[30]坐[31]长叹。

问君[32]西游何时还？畏途[33]巉岩[34]不可攀。

但见[35]悲鸟号古木[36]，雄飞雌从[37]绕林间。

又闻子规[38]啼夜月，愁空山。

蜀道之难，难于上青天，使人听此凋朱颜[39]！

连峰去[40]天不盈[41]尺，枯松倒挂倚绝壁。

飞湍[42]瀑流争喧豗[43]，砯崖[44]转[45]石万壑[46]雷。

其险也如此，嗟[47]尔[48]远道之人胡为[49]乎来[50]哉！

剑阁[51]峥嵘而崔嵬[52]，一夫[53]当关[54]，万夫莫开[55]。

所守[56]或匪亲[57]，化为狼与豺。

朝[58]避猛虎，夕避长蛇，磨牙吮[59]血，杀人如麻。

锦城[60]虽云乐，不如早还家。

蜀道之难，难于上青天，侧身西望长咨嗟[61]。

📋 注释

[1]蜀道难:古乐府题,属《相和歌·瑟调曲》。

[2]噫吁嚱:惊叹声,蜀方言,表示惊讶的声音。

[3]蚕丛、鱼凫:传说中古蜀国两位国王的名字。

[4]何茫然:完全不知道的样子。何:多么。茫然:渺茫遥远的样子。

[5]尔来:从那时以来。

[6]四万八千岁:极言时间之漫长,夸张而大约言之。

[7]秦塞:秦的关塞,指秦地。秦地四周有山川险阻,故称"四塞之地"。

[8]通人烟:人员往来。

[9]西当:西对。当:对着,向着。

[10]太白:太白山,又名太乙山,在长安西(今陕西眉县、太白县一带)。

[11]鸟道:指连绵高山间的低缺处,只有鸟能飞过,人迹所不能至。

[12]横绝:横越。峨眉巅:峨眉顶峰。

[13]摧:倒塌。

[14]天梯:非常陡峭的山路。

[15]石栈:栈道。

[16]高标:指蜀山中可作一方之标识的最高峰。

[17]冲波:水流冲击腾起的波浪,这里指激流。逆折:水流回旋。

[18]回川:有漩涡的河流。

[19]黄鹤:黄鹄(hú),善飞的大鸟。

[20]尚:尚且。

[21]得:能。

[22]猿猱(náo):蜀山中最善攀缘的猴类。

[23]青泥:青泥岭,在今甘肃徽县南,陕西略阳县北。

[24]盘盘:曲折回旋的样子。

[25]百步九折:百步之内拐九道弯。

[26]萦:盘绕。

[27]岩峦:山峰。

[28]扪参历井:扪(mén):用手摸。参(shēn)、井:二星宿名。古人把天上的星宿分别指配于地上的州国,叫作"分野",以便通过观察天象来占卜地上所配州国的吉凶。参星为蜀之分野,井星为秦之分野。历:经过。

〔29〕胁息：屏气不敢呼吸。

〔30〕膺：胸。

〔31〕坐：徒，空。

〔32〕君：入蜀的友人。

〔33〕畏途：可怕的路途。

〔34〕巉岩：险恶陡峭的山壁。

〔35〕但见：只听见。

〔36〕号古木：在古树木中大声啼鸣。

〔37〕从：跟随。

〔38〕子规：即杜鹃鸟，蜀地最多，鸣声悲哀，若云"不如归去"。

〔39〕凋朱颜：红颜带忧色，如花凋谢。凋，使动用法，使……凋谢，这里指脸色由红润变成铁青。

〔40〕去：距离。

〔41〕盈：满。

〔42〕飞湍（tuān）：飞奔而下的急流。

〔43〕喧豗（huī）：喧闹声，这里指急流和瀑布发出的巨大响声。

〔44〕砯（pīng）崖：水撞石之声。砯，水冲击石壁发出的响声，这里作动词用，冲击的意思。

〔45〕转：使滚动。

〔46〕壑：山谷。

〔47〕嗟：感叹声。

〔48〕尔：你。

〔49〕胡为：为什么。

〔50〕来：指入蜀。

〔51〕剑阁：又名剑门关，在四川剑阁县北，是大、小剑山之间的一条栈道，长约三十里。

〔52〕峥嵘、崔嵬：都是形容山势高大雄峻的样子。

〔53〕一夫：一人。

〔54〕当关：守关。

〔55〕莫开：不能打开。

〔56〕所守：指把守关口的人。

[57]或匪亲：倘若不是可信赖的人。匪，同"非"。

[58]朝：早上。

[59]吮：吸。

[60]锦城：成都古代以产锦闻名，朝廷曾经设官于此，专收锦织品，故称锦城或锦官城。今四川成都市。

[61]咨嗟：叹息。

译文

　　啊！何其高峻，何其峭险！蜀道太难走呵，简直难于上青天；传说中蚕丛和鱼凫建立了蜀国，开国的年代实在久远无法详谈。自从那时至今约有四万八千年，秦蜀被秦岭所阻从不沟通往返。西边太白山有飞鸟能过的小道。从那小路走可横渡峨眉山顶端。山崩地裂蜀国五壮士被压死了，两地才有天梯栈道开始相通连。上有挡住太阳神六龙车的山巅，下有激浪排空迂回曲折的大川。善于高飞的黄鹤尚且无法飞过，即使猢狲要想翻过也愁于攀缘。青泥岭多么曲折绕着山峦盘旋，百步之内萦绕岩峦转九个弯弯。屏住呼吸仰头过参井皆可触摸，用手抚胸惊恐不已徒长吁短叹。

　　好朋友呵，请问你西游何时回还？可怕的岩山栈道实在难以登攀！只见那悲鸟在古树上哀鸣啼叫；雄雌相随飞翔在原始森林之间。又听见月夜里杜鹃声声哀鸣，悲声回荡在空山中愁情更添。蜀道太难走呵，简直难于上青天；叫人听到这些怎么不脸色突变？山峰座座相连离天还不到一尺；枯松老枝倒挂倚贴在绝壁之间。漩涡飞转瀑布飞泻争相喧闹着；水石相击转动像万壑鸣雷一般。那去处恶劣艰险到了这种地步；唉呀呀你这个远方而来的客人，为了什么而来到这险要的地方？

　　剑阁那地方崇峻巍峨高入云端，只要一人把守，千军万马难攻占。驻守的官员若不是自己的近亲；难免要变为豺狼踞此为非造反。清晨你要提心吊胆地躲避猛虎；傍晚你要警觉防范长蛇的灾难。豺狼虎豹磨牙吮血真叫人不安；毒蛇猛兽杀人如麻即令你胆寒。锦官城虽然说是个快乐的所在；如此险恶还不如早早地把家还。蜀道太难走呵，简直难于上青天；侧身西望令人不免感慨与长叹！

导读

　　这首诗大约是天宝（唐玄宗年后，742—756）初年，李白第一次到长安时写的。《蜀道难》是他袭用乐府古题，展开丰富的想象，着力描绘了秦蜀道路上奇丽惊险的山川，并从中透露了对社会的某些忧虑与关切。

诗人大体按照由古及今、自秦入蜀的线索,抓住各处山水特点来描写,以展示蜀道之难。

从"噫吁嚱"到"然后天梯石栈相钩连"为一个段落。一开篇就极言蜀道之难,以感情强烈的咏叹点出主题,为全诗奠定了雄放的基调。随着感情的起伏和自然场景的变化,"蜀道之难,难于上青天"的咏叹反复出现,像一首乐曲的主旋律一样激荡着读者的心弦。

说蜀道的难行比上天还难,这是因为自古以来秦、蜀之间被高山峻岭阻挡,由秦入蜀,太白峰则是第一道屏障,只有高飞的鸟儿能从低缺处飞过。太白峰在秦都咸阳西南,是关中一带的最高峰。民谚云:"武公太白,去天三百。"诗人以夸张的笔墨写出了历史上不可逾越的险阻,并融汇了五丁开山的神话,点染了神奇色彩,犹如一部乐章的前奏,具有引人入胜的妙用。下面即着力刻画蜀道的高危难行。

从"上有六龙回日之高标"至"使人听此凋朱颜"为又一段落。这一段极写山势的高危,山高写得越充分,越可见路之难行。你看那突兀的高山,高标接天,挡住了太阳神的运行;山下则是冲波激浪、曲折回旋的河川。诗人不但把夸张和神话融为一体,直写山高,而且衬以"回川"之险。唯其水险,更见山势的高危。诗人意犹未尽,又借黄鹤与猿猱来反衬。山高得连千里翱翔的黄鹤也难以飞渡,轻疾敏捷的猿猴也愁于攀缘,不言而喻,人行走就难上加难了。以上用虚写手法层层映衬,此后再具体描写青泥岭的难行。

青泥岭,"悬崖万仞,山多云雨",为唐代入蜀要道。诗人着重就其峰路的萦回和山势的峻危来表现人行其上的艰难情状和畏惧心理,捕捉了在岭上曲折盘桓、手扪星辰、呼吸紧张、抚胸长叹等细节动作加以摹写,寥寥数语,便把行人艰难的步履、惶悚的神情,绘声绘色地刻画出来,困危之状如在眼前。

至此蜀道的难行似乎写到了极处。但诗人笔锋一转,借"问君"引出旅愁,以忧切低昂的旋律,把读者带进一个古木荒凉、鸟声悲凄的境界。杜鹃鸟空谷传响,充满哀愁,使人闻声失色,更觉蜀道之难。诗人借景抒情,用"悲鸟号古木""子规啼夜月"等感情色彩浓厚的自然景观,渲染了旅愁和蜀道上空寂苍凉的环境气氛,有力地烘托了蜀道之难。

然而,逶迤千里的蜀道,还有更为奇险的风光。自"连峰去天不盈尺"至全篇结束,主要从山川之险来揭示蜀道之难,着力渲染惊险的气氛。如果说"连峰去天不盈尺"是夸饰山峰之高,"枯松倒挂倚绝壁"则是衬托绝壁之险。

诗人先托出山势的高险，然后由静而动，写出水石激荡、山谷轰鸣的惊险场景。好像一串电影镜头：开始是山峦起伏、连峰接天的远景画面；接着平缓地推成枯松倒挂绝壁的特写；而后，跟踪而来的是一组快镜头，飞湍、瀑流、悬崖、转石，配合着万壑雷鸣的音响，飞快地从眼前闪过，惊险万状，目不暇接，从而造成一种势若排山倒海的强烈艺术效果，使蜀道之难的描写，简直达到了登峰造极的地步。如果说上面山势的高危已使人望而生畏，那此处山川的险要更令人惊心动魄。

　　风光变幻，险象丛生。在十分惊险的气氛中，最后写到蜀中要塞剑阁，在大剑山和小剑山之间有一条三十里长的栈道，群峰如剑，连山耸立，削壁中断如门，形成天然要塞。因其地势险要，易守难攻，历史上在此割据称王者不乏其人。诗人从剑阁的险要引出对政治形势的描写。他化用西晋张载《剑阁铭》中"形胜之地，匪亲勿居"的语句，劝人引为鉴戒，警惕战乱的发生，并联系当时的社会背景，揭露了蜀中豺狼的"磨牙吮血，杀人如麻"，从而表达了对国事的忧虑与关切。唐天宝初年，太平景象的背后正潜伏着危机，后来发生的安史之乱，证明诗人的忧虑具有前瞻性。

　　李白以变化莫测的笔法，淋漓尽致地刻画了蜀道之难，艺术地展现了古老蜀道逶迤、峥嵘、高峻、崎岖的面貌，描绘出一幅色彩绚丽的山水画卷。诗中那些动人的景象历历在目。李白之所以描绘得如此动人，还在于融贯其间的浪漫主义激情。诗人寄情山水，放浪形骸，他对自然景物不是冷漠地观赏，而是热情地赞叹，借以抒发自己的理想感受。那飞流惊湍、奇峰险壑，赋予了诗人的情感气质，因而才呈现出飞动的灵魂和雄伟的姿态。诗人善于把想象、夸张和神话传说融为一体进行写景抒情。言山之高峻，则曰"上有六龙回日之高标"；状道之险阻，则曰"地崩山摧壮士死，然后天梯石栈相钩连"。诗人从蚕丛开国说到五丁开山，由六龙回日写到子规夜啼，天马行空般地驰骋想象，创造出博大浩渺的艺术境界，充满了浪漫主义色彩。透过奇丽峭拔的山川景物，仿佛可以看到诗人那"落笔摇五岳、笑傲凌沧洲"的高大形象。

　　唐以前的《蜀道难》作品，简短单薄。李白对东府古题有所创新和发展，用了大量散文化诗句，字数从三言、四言、五言、七言，直到十一言，参差错落，长短不齐，形成极为奔放的语言风格。诗的用韵，也突破了梁陈时代旧作一韵到底的程式。后面描写蜀中险要环境，一连三换韵脚，极尽变化之能事。所以殷璠编《河岳英灵集》称此诗"奇之又奇，自骚人以还，鲜有此体调"。

　　关于此诗的寓意，自古以来众说纷纭，今人多谓表面写蜀道艰险，实则写仕途坎坷，反映了诗人在长期漫游中屡逢踬碍的生活经历和怀才不遇的愤懑之情。

25

将进酒[1]

◇ 李白（唐）

君不见[2]黄河之水天上来[3]，奔流到海不复回。

君不见高堂[4]明镜悲白发，朝如青丝[5]暮成雪[6]。

人生得意[7]须尽欢，莫使金樽[8]空对月。

天生我材必有用，千金散尽还复来。

烹羊宰牛且为乐，会须[9]一饮三百杯。

岑夫子，丹丘生[10]，将进酒，杯莫停[11]。

与君[12]歌一曲，请君为我倾耳听[13]。

钟鼓[14]馔玉[15]不足贵[16]，但愿长醉不愿醒[17]。

古来[18]圣贤皆寂寞，惟[19]有饮者留其名[20]。

陈王[21]昔时宴平乐[22]，斗酒十千恣[23]欢谑[24]。

主人[25]何为言少钱[26]，径须[27]沽[28]取对君酌。

五花马[29]，千金裘[30]，呼儿将出换美酒，与尔[31]同销[32]万古愁。

注释

[1]将进酒：劝酒歌，属乐府旧题。将（qiāng）：请。

[2]君不见：乐府中常用的一种夸语。

[3]天上来：黄河发源于青海，因那里地势极高，故称。

[4]高堂：房屋的正室厅堂。一说指父母。一作"床头"。

[5]青丝：喻柔软的黑发。一作"青云"。

[6]成雪：一作"如雪"。

[7]得意：适意高兴的时候。

[8]金樽（zūn）：中国古代的盛酒器具。

[9]会须：正应当。

[10]岑夫子：岑勋。丹丘生：元丹丘。二人均为李白的好友。

[11]杯莫停：一作"君莫停"。

[12]与君：给你们，为你们。君，指岑、元二人。

[13]倾耳听：一作"侧耳听"。

[14]钟鼓：富贵人家宴会中奏乐使用的乐器。

[15]馔（zhuàn）玉：形容食物如玉一样精美。

[16]不足贵：一作"何足贵"。

[17]不愿醒：也有版本为"不用醒"或"不复醒"。

[18]古来：一作"自古"。

[19]惟：通"唯"。

[20]名：美名。

[21]陈王：指陈思王曹植。

[22]平乐：观名。在洛阳西门外，为汉代富豪显贵的娱乐场所。

[23]恣（zì）：纵情任意。

[24]谑（xuè）：戏。

[25]主人：指宴请李白的人，元丹丘。

[26]言少钱：一作"言钱少"。

[27]径须：干脆，只管。

[28]沽：买。

[29]五花马：指名贵的马。一说毛色作五花纹，一说颈上长毛修剪成五瓣。

[30]裘(qiú)：皮衣。

[31]尔：你。

[32]销：同"消"。

译文

　　你难道没有看见吗？那黄河之水犹如从天上倾泻而来，波涛翻滚直奔大海从来不会再往回流。

　　你难道没有看见，在高堂上面对明镜，深沉悲叹那一头白发？早晨还是青丝到了傍晚却变得如雪一般。

　　人生得意之时就要尽情地享受欢乐，不要让金杯无酒空对皎洁的明月。

　　上天造就了我的才干就必然是有用处的，千两黄金花完了也能够再次获得。

　　且把烹煮羔羊和宰牛当成一件快乐的事情，如果需要也应当痛快地喝三百杯。

　　岑勋，元丹丘，快点喝酒，不要停下来。

　　我给你们唱一首歌，请你们为我倾耳细听。

　　山珍海味的豪华生活算不上什么珍贵，只希望能醉生梦死而不愿清醒。

　　自古以来圣贤都是寂寞的，只有会喝酒的人才能够留传美名。

　　陈王曹植当年设宴平乐观，喝着名贵的酒纵情地欢乐。

　　你为何说我的钱不多？只管把这些钱用来买酒一起喝。

　　名贵的五花良马，昂贵的千金皮衣，叫侍儿拿去统统换美酒，让我们一起来消除这无尽的长愁！

导读

　　《将进酒》的意思为"劝酒歌"，内容多是咏唱喝酒放歌之事。这首诗是诗人正值仕途遇挫之际，所以借酒兴诗，来了一次酣畅淋漓的抒发。在这首诗里，李白"借题发挥"，借酒消愁，感叹人生易老，抒发了自己怀才不遇的心情。

　　这首诗气势豪迈，感情豪放，言语流畅，具有极强的感染力。李白咏酒的诗歌非常能体现他的个性,思想内容深沉,艺术表现成熟。《将进酒》为其代表作。

诗歌发端就是两组排比长句,如挟天风海雨向读者迎面扑来。"君不见,黄河之水天上来,奔流到海不复回",黄河源远流长,落差极大,如从天而降,一泻千里,东走大海。如此波澜壮阔的现象,必定不是肉眼能够看到的,作者是幻想的,言语带有夸张。上句写大河之来,势不可挡;下句写大河之去,势不可回。一涨一消,构成舒卷往复的咏叹调,是短促的单句所没有的。紧接着,"君不见,高堂明镜悲白发,朝如青丝暮成雪",恰似一波未平、一波又起。如果说前二句为空间范畴的夸张,这二句则是时间范畴的夸张。悲叹人生苦短,而又不直言,却说"高堂明镜悲白发",一种搔首顾影、徒呼奈何的神态宛如画出。将人生由青春到老的全过程说成"朝""暮"之事,把原本就短暂的说得更为短暂,与前两句把原本壮阔的说得更为壮阔,是"反向"的夸张。开篇"以黄河之水一去不复返喻人生易逝","以黄河的伟大永恒衬出生命的渺小脆弱"。这个开端可谓悲感至极,却又不堕纤弱,可以说是巨人式的感伤,具有惊心动魄的艺术感染力量,同时也是由长句排比开篇的气势感所造成的。沈德潜说:"此种格调,太白从心化出。"可见其颇具创造性。此诗两作"君不见"的呼告,又使诗句感情色彩大增。所谓大开大阖者,此可谓大开。

"人生得意须尽欢",这似乎是宣扬及时行乐的思想,然而只不过是表象而已。诗人"得意"过没有?从李白一生来看,似乎并没有得意过。有的是失望与愤慨,但并不就此消沉。诗人于是用乐观好强的口吻肯定人生,肯定自我:"天生我材必有用。"这是一个令人鼓掌赞叹的好句子,是一种乐观豁达的自信精神。"有用"而且"必",简直像是人的价值宣言,而这个人"我"是需要大写的。于是,从貌似消极的现象中透露出了深藏其内的一种怀才不遇而又渴望入世的积极的态度。正是"长风破浪会有时",应为这样的未来痛饮高歌,破费又算得了什么!

"千金散尽还复来。"这是一个高度自信的惊人之语,能驱使金钱而不为金钱所使,这足以令所有凡夫俗子们咋舌。诗如其人,此句是深蕴在骨子里的豪情,绝非装腔作势者可以得其万分之一。与此气派相当,作者从而描绘了一场盛筵,"烹羊宰牛",不喝上"三百杯"决不罢休。多痛快的筵宴,又是多么豪壮的诗句!至此,狂放之情趋于高潮,诗的旋律加快。"岑夫子,丹丘生,将进酒,杯莫停!"几个短句忽然加入,不但使诗歌节奏富于变化,而且使我们似乎听到了诗人在席上频频地劝酒。既是生逢知己,又是酒逢对手,他要"与君歌一曲,请君为我倾耳听"。以下八句就是诗中之歌了,纯粹是神来之笔。

"钟鼓馔玉"即富贵生活，可诗人却认为这"不足贵"，并放言"但愿长醉不复醒"。诗情至此，便分明由狂放转而为激愤。这里不仅是酒后吐狂言，而且是酒后吐真言。说富贵"不足贵"，乃是出于愤慨。以下"古来圣贤皆寂寞"二句亦属愤语。说古人"寂寞"，其实也表现出了自己的"寂寞"，所以才愿长醉不醒。这里，诗人是用古人的酒杯，浇自己的块垒。说到"唯有饮者留其名"，便举出"陈王"曹植为代表。并化用其《名都篇》"归来宴平乐，美酒斗十千"之句。古来酒徒很多，而为何偏举"陈王"，这又与李白一向自命不凡分不开，他心目中树为榜样的都是谢安这些高级人物，而这类人物当中，"陈王"曹植与酒联系得比较多。这样写便有了气派，与前文极度自信的口吻一贯。再者，"陈王"曹植于曹丕、曹睿两朝备受猜忌，有志难展，也激起诗人的同情。一提"古来圣贤"，二提"陈王"曹植，满满的不平之气。此诗开始似乎只涉及人生感慨，而不染指政治色彩，其实全篇饱含了一种深广的忧愤和对自我的信念。诗情之所以悲而不伤，悲而能壮，根源在此。

刚露深哀又说回酒，而且酒兴更高。诗情再入狂放，而且越来越狂。"主人何为言少钱"，既照应"千金散尽"句，又故作跌宕，引出最后一番豪言壮语：即便千金散尽，也不惜将名贵宝物"五花马""千金裘"用来换美酒，只图一醉方休。这结尾之妙，不仅在于"呼儿""与尔"，口气甚大；而且具有一种作者一时可能觉察不到的将宾作主的任诞情态。须知诗人不过是被友招饮的客人，此刻他却高踞一席，气使颐指，提议典裘当马，令人不知谁是"主人"，浪漫色彩极浓。诗情至此狂放至极，令人嗟叹咏歌，直欲"手之舞之，足之蹈之"。情犹未已，诗已告终，突然又迸出一句"与尔同销万古愁"，与开篇之"悲"关合，而"万古愁"的含义更加深沉。足显见诗人奔涌跌宕的感情激流。通观全篇，真是大起大落，非如椽巨笔不能描绘。

《将进酒》篇幅不算长，却五音繁会，气象不凡，笔酣墨饱，情极悲愤，语极狂放沉着。全篇具有震动古今的气势与力量，同时，又不给人空洞浮夸感，其根源就在于它那充实深厚的内在感情，那潜在酒话底下如波涛汹涌的郁怒情绪。此外，全篇节奏疾徐尽变，奔放而不流易。《唐诗别裁》谓"读李诗者于雄快之中，得其深远宕逸之神，才是谪仙人面目"，此篇足以当之。

26
早发白帝城^[1]

◇ 李白（唐）

朝^[2]辞^[3]白帝彩云间^[4]，千里江陵^[5]一日还^[6]。

两岸猿^[7]声啼^[8]不住^[9]，轻舟已过万重山^[10]。

📋 注释

　　[1]发：启程。白帝城：故址在今重庆市奉节县白帝山上。杨齐贤注："白帝城，公孙述所筑。初，公孙述至鱼复，有白龙出井中，自以承汉土运，故称白帝，改鱼复为白帝城。"王琦注："白帝城，在夔州奉节县，与巫山相近。所谓彩云，正指巫山之云也。"

　　[2]朝：早晨。

　　[3]辞：告别。

　　[4]彩云间：因白帝城在白帝山上，地势高耸，从山下江中仰望，仿佛耸入云间。

　　[5]江陵：今湖北荆州市。从白帝城到江陵约一千二百里，其间包括七百里三峡。郦道元《三峡》："自三峡七百里中，两岸连山，略无阙处。重岩叠嶂，隐天蔽日，自非亭午夜分，不见曦月。至于夏水襄陵，沿溯（或泝）阻绝。或王命急宣，有时朝发白帝，暮到江陵，其间千二百里，虽乘奔御风，不以疾也。春冬之时，则素湍绿潭，回清倒影。绝巘（或巚）多生怪柏，悬泉瀑布，飞漱其间。清荣峻茂，良多趣味。每至晴初霜旦，林寒涧肃，常有高猿长啸，属引凄异。空谷传响，哀转久绝。故渔者歌曰：'巴东三峡巫峡长，猿鸣三声泪沾裳。'"

　　[6]还：归；返回。

　　[7]猿：猿猴。

　　[8]啼：鸣、叫。

　　[9]住：停息。

　　[10]万重山：层层叠叠的山，形容有许多。

🔄 译文

　　清晨，朝霞满天，我就要踏上归程。从江上往高处看，可以看见白帝城彩云缭绕，如在云间，景色绚丽！千里之遥的江陵，一天之间就已经到达。

　　两岸猿猴的啼声不断，回荡不绝。猿猴的啼声还回荡在耳边时，轻快的小船已驶过连绵不绝的万重山峦。

📖 导读

　　唐代安史之乱初期，唐玄宗奔蜀，太子李亨留讨安禄山，不久，李亨继位，史称唐肃宗。玄宗又曾命令儿子永王李璘督兵平叛，永王李璘在江陵，召兵万人，自树一帜，肃宗怀疑他争夺帝位，已重兵相压，李璘兵败被杀。李白曾经参加过永王李璘的幕府，被加上"附逆"罪流放夜郎（今贵州遵义），当他行至巫山（今四川境内）的时候，肃宗宣布大赦，李白也被赦免，他像出笼的鸟一样，立刻从白帝城东下，返回江陵（今湖北荆州）。此诗即回舟抵江陵时所作。

此诗意在描摹自白帝至江陵一段长江，水急流速，舟行若飞的情况。首句写白帝城之高；二句写江陵路遥，舟行迅速；三句以山影猿声烘托行舟飞进；四句写行舟轻如无物，点明水势如泻。全诗把诗人遇赦后愉快的心情和江山的壮丽多姿、顺水行舟的流畅轻快融为一体，运用夸张和奇想，写得流丽飘逸，惊世骇俗，又不假雕琢，随心所欲，自然天成。

"朝辞白帝彩云间"的"彩云间"三个字，描写白帝城地势之高，为全篇描写下水船走得快这一动态蓄势。"彩云间"的"间"字当作隔断之意，诗人回望云霞之上的白帝城，以前的种种恍如隔世。一说形容白帝城之高，水行船速全在落差。如果不写白帝城之高，则无法体现出长江上下游之间斜度差距之大。白帝城地势高入云霄，于是下面几句中写舟行的迅捷、行期的短暂、耳（猿声）目（万重山）的不暇迎送，才一一有着落。"彩云间"也是写早晨景色，显示出从晦暝转为光明的大好气象，而诗人便在这曙光初灿的时刻，怀着兴奋的心情匆匆告别白帝城。

"千里江陵一日还"的"千里"和"一日"，以空间之远与时间之短做悬殊对比。这里，巧妙的地方在于那个"还"字上。"还"，归来的意思。它不仅表现出诗人"一日"而行"千里"的痛快，也隐隐透露出遇赦的喜悦。江陵本非李白的家乡，而"还"字却亲切得如同回乡一样。一个"还"字，暗处传神，值得读者细细玩味。

"两岸猿声啼不住"的境界更为神妙。古时长江三峡，"常有高猿长啸"。诗人说"啼不住"，是因为他乘坐飞快的轻舟行驶在长江上，耳听两岸的猿啼声，又看见两旁的山影，猿啼声不止一处，山影也不止一处，由于舟行人速，使得啼声和山影在耳目之间成为"浑然一片"，这就是李白在出峡时为猿声山影所感受的情景。身在这如脱弦之箭、顺流直下的船上，诗人感到十分畅快和兴奋。清代桂馥称赞："妙在第三句，能使通首精神飞越。"（《札朴》）

"轻舟已过万重山"为了形容船快，诗人除了用猿声山影来烘托，还给船的本身添上了一个"轻"字。直说船快，那便显得笨拙；而这个"轻"字，却别有一番意蕴。三峡水急滩险，诗人溯流而上时，不仅觉得船重，而且心情更为滞重，"三朝上黄牛，三暮行太迟。三朝又三暮，不觉鬓成丝"（《上三峡》）。如今顺流而下，行船轻如无物，船的快速读者可想而知。而"危乎高哉"的"万重山"一过，轻舟进入坦途，诗人历尽艰险、进入康庄旅途的快感，也自然而然地表现出来了。这最后两句，既是写景，又是比兴；既是个人心情的表达，又是人生经验的总结，因物兴感，精妙绝伦。

这首诗写的是从白帝城到江陵一天之内的行程情况，主要突出轻快，这也反映了李白心情的轻快。李白以58岁的年龄，被流放夜郎，离妻别子，走向长途，忽然遇赦，得以归家，心里自然十分高兴。在诗中李白没有直接抒情，但是读了他对行程的描写，自然会感受到他的心情和兴奋的情绪。

27
蜀相[1]

◇ 杜甫（唐）

丞相祠堂[2]何处寻？锦官城[3]外柏森森[4]。

映阶碧草自春色，隔叶黄鹂空好音[5]。

三顾频烦天下计[6]，两朝开济[7]老臣心。

出师未捷身先死，长使英雄泪满襟[8]。

注释

[1]蜀相：三国蜀汉丞相，指诸葛亮（孔明）。诗题下有注：诸葛亮祠在昭烈庙西。

[2]丞相祠堂：即诸葛武侯祠，在现在成都，晋李雄初建。

[3]锦官城：成都的别名。

[4]柏（bǎi）森森：柏树茂盛繁密的样子。

[5]映阶碧草自春色，隔叶黄鹂空好（hǎo）音：这两句写祠内景物。杜甫极推重诸葛亮，他此来并非为了赏玩美景，"自""空"二字含情。是说碧草映阶，不过自为春色；黄鹂隔叶，亦不过空作好音，他并无心赏玩、倾听。因为他所景仰的人物已不可得见。空：白白的。

[6]三顾频烦天下计：意思是刘备为统一天下而三顾茅庐，问计于诸葛亮。这是赞美在对策中所表现的天才预见。频烦，犹"频繁"，多次。

[7]两朝开济：指诸葛亮辅助刘备开创帝业，后又辅佐刘禅。两朝：刘备、刘禅父子两朝。开：开创。济：扶助。

[8]出师未捷身先死，长使英雄泪满襟（jīn）：出师还没有取得最后的胜利就先去世了，常使后世的英雄泪满衣襟。指诸葛亮多次出师伐魏，未能取胜，至蜀建兴十二年（234）卒于五丈原（今陕西岐山东南）军中。出师：出兵。

译文

去哪里寻找武侯诸葛亮的祠堂？在成都城外那柏树茂密的地方。

碧草照映台阶自当显露春色，树上的黄鹂隔枝空对婉转鸣唱。

刘备为统一天下而三顾茅庐，问计于诸葛亮，辅佐两代君主的老臣忠心耿耿。

可惜出师伐魏还没有取得最后的胜利就先去世了，常使后代英雄感慨泪湿衣襟。

作者简介

杜甫（712—770），字子美，自号少陵野老，唐代伟大的现实主义诗人，与李白合称"李杜"。出生于河南巩县，原籍湖北襄阳。为了与另两位诗人李商隐与杜牧即"小李杜"区别，杜甫与李白又合称"大李杜"，杜甫也常被称为"老杜"。

杜甫少年时代曾先后游历吴越和齐赵，其间曾赴洛阳应举不第。35岁以后，先在长安应试，落第；后来向皇帝献赋，向贵人投赠。官场不得志，目睹了唐朝上层社会的奢靡与社会危机。天宝十四年(755),安史之乱爆发,潼关失守,杜甫先后辗转多地。乾元二年(759)杜甫弃官入川,虽然躲避了战乱,生活相对安定,但仍然心系苍生,胸怀国事。杜甫创作了《登高》《春望》《北征》以及"三吏""三别"等名作。虽然杜甫是个现实主义诗人,但他也有狂放不羁的一面,从其名作《饮中八仙歌》不难看出杜甫的豪气干云。

杜甫的思想核心是仁政思想,他有"致君尧舜上,再使风俗淳"的宏伟抱负。杜甫虽然在世时名声并不显赫,但后来声名远播,对中国文学和日本文学都产生了深远的影响。杜甫共有约 1 500 首诗歌被保留了下来,大多集于《杜工部集》。

大历五年(770)冬,病逝,享年 59 岁。杜甫在中国古典诗歌中的影响非常深远,被后世尊称为"诗圣",他的诗被称为"诗史"。后世称其杜拾遗、杜工部,也称他杜少陵、杜草堂。

导读

这首诗是上元元年(760)春天,杜甫初到成都游武侯祠所作。当时安史之乱未平,作者仕途失意,弃官入蜀。他在诗中对鞠躬尽瘁、死而后已的诸葛亮推崇备至,有着深刻的寓意。"蜀相",指三国时蜀国丞相诸葛亮,东汉建安二十六年(221),刘备在蜀称帝,国号为汉(后人称蜀汉),以诸葛亮为丞相。

首联点出祠堂的地理位置和自然环境。"丞相祠堂",即武侯祠,西晋末年李雄为纪念蜀汉丞相武乡侯诸葛亮而建,在今成都市内,与刘备合庙而祀。"寻"字,使得一问一答、一开一合巧相连属,写出了初至成都的诗人急切瞻仰的心情。杜甫在巴蜀地区寻访过多处诸葛亮的遗迹,留下了多首诗篇。"森森",形容柏树的茂密高大,是祠堂所在的标志,也是历代人民爱戴诸葛亮的见证。《古柏行》说:"君臣已与时际会,树木犹为人爱惜。""锦官城",指今四川省成都市。成都以产锦著称,三国蜀汉时在此设官专理此事,故曰锦官城。

颔联写诗人步入诸葛亮祠堂的所见所闻,情感却起了急剧的变化,"寻"的结果是祠堂寂寥冷落,悄无人迹,这就形成了一种情感上的落差。"自""空"二字极为传情:碧草映阶,不过自为春色 —— 因游人行踪难至;黄鹂隔叶,不过空作好音 —— 因诗人无心倾听。一片诗心,全凝于二字。自然之恒久,与世事之多变、人生之不永暗相对照。黄鹂:也称黄莺,是一种鸣声动听的小鸟。

颈联由颔联的感物转为思人,上句写智识才能,见出其匡时雄略;下句写勤勉忠诚,见出其报国之忧;两句正好包括了他的事业自三顾茅庐始,而以辅佐刘禅终的全过程。"频烦",再三劳烦。"两朝",蜀汉皇帝刘备、刘禅父子两朝。"开济",即开创基业,匡济时危,指诸葛亮辅佐刘备开国,又帮助刘禅撑持危局。

尾联两句是最感人的名句。"出师句",诸葛亮为了伐魏,曾六出祁山。蜀汉建兴十二年(234),诸葛亮率师伐魏,据武功五丈原(在今陕西岐山县渭河南岸),与魏军隔渭水相持百余日,胜负未决而病死于军中,年仅54岁。这一事实本来就使人痛惜,更何况他那死而后已的精神留下了无可估量的影响。

壮志难酬抱憾而终者,不仅是诸葛亮的遗恨,也是古往今来无数失意英雄的共有心境。因此,尾联在沉挚悲壮中,不仅表达对诸葛亮的痛惜、追念和景仰之情,同时也概括了古今英雄(包括诗人自己)在国危时艰之际有才无命、壮志未酬的悲慨。

28
旅夜书怀

◇ 杜甫（唐）

细草微风岸[1]，危樯[2]独夜舟[3]。

星垂平野阔[4]，月涌[5]大江[6]流。

名岂文章著，官应老病休[7]。

飘飘[8]何所似，天地一沙鸥。

📋 注释

[1]岸：指江岸边。

[2]危樯(qiáng)：高竖的桅杆。危：高。樯：船上挂风帆的桅杆。

[3]独夜舟：是说自己孤零零的一个人夜泊江边。

[4]星垂平野阔：星空低垂，原野显得格外广阔。

[5]月涌：月亮倒映，随水流涌。

[6]大江：指长江。

[7]名岂：这句连下句，是用"反言以见意"的手法写的。杜甫确实是以文章而著名的，却偏说不是，可见另有抱负，所以这句是自豪语。休官明明是因论事见弃，却说不是，是老而且病，所以这句是自解语。官应老病休：官倒是因为年老多病而被罢退。应，认为是、是。

[8]飘飘：飞翔的样子，这里含有"飘零""漂泊"的意思，因为这里是借沙鸥以写人的漂泊。

⚡ 译文

微风吹拂着江岸的细草，那立着高高桅杆的小船在夜里孤零零地停泊着。

星星垂在天边，平野显得宽阔；月光随波涌动，大江滚滚东流。

我难道是因为文章而著名吗？年老多病也应该休官了。

自己到处漂泊像什么呢？就像天地间的一只孤零零的沙鸥。

📖 导读

唐代宗永泰元年(765)正月，杜甫辞去节度参谋职务，返居成都草堂。四月，严武死去，杜甫在成都失去依靠，遂携家眷由成都乘舟东下，经嘉州(今四川乐山)、榆州(今重庆市)至忠州(今四川忠县)。此诗约为途中所作。

诗的前半部分描写"旅夜"的情景。第一、二句写近景：微风吹拂着江岸上的细草，竖着高高桅杆的小船在月夜孤独地停泊着。当时杜甫离开成都是迫于无奈。这一年的正月，他辞去节度使参谋职务，四月，在成都赖以存身的好友严武死去。处此凄孤无依之境，便决意离蜀东下。因此，这里不是空泛地写景，而是寓情于景，通过写景展示他的境况和情怀：像江岸细草一样渺小，像江中孤舟一般寂寞。第三、四句写远景：

明星低垂，平野广阔；月随波涌，大江东流。这两句写景雄浑阔大，历来为人所称道。诗人写辽阔的平野、浩荡的大江、灿烂的星月，正是为了反衬出他孤苦伶仃的形象和颠连无告的凄怆心情。这种以乐景写哀情的手法，在古典作品中是经常使用的。如《诗经•小雅•采薇》"昔我往矣，杨柳依依"，用春日的美好景物反衬出征士兵的悲苦心情，写得多么动人！

诗的后半部分是"书怀"。第五、六句说，有点名声，哪里是因为我的文章好呢？做官，倒应该因为年老多病而退休。这是反话，立意至为含蓄。诗人素有远大的政治抱负，但长期被压抑而不能施展，因此声名竟因文章而著，这实在不是他的心愿。杜甫此时确实是既老且病，但他的休官，却主要不是因为老和病，而是由于被排挤。这里表现出诗人心中的不平，同时揭示出政治上失意是他漂泊、孤寂的根本原因。最后两句说，飘然一身像个什么呢？不过像广阔的天地间的一只沙鸥罢了。诗人即景自况以抒悲怀。水天空阔，沙鸥飘零；人似沙鸥，转徙江湖。这一联借景抒情，深刻地表现了诗人内心漂泊无依的感伤，真是一字一泪，感人至深。

29
秋兴八首（其一）

◇杜甫（唐）

玉露凋伤[1]枫树林，巫山巫峡气萧森[2]。

江间波浪兼天涌[3]，塞上风云接地阴[4]。

丛菊两开他日[5]泪，孤舟一系故园[6]心。

寒衣处处催刀尺[7]，白帝城高急暮砧[8]。

注释

[1]玉露：秋天的霜露，因其白，故以玉喻之。凋伤：使草木凋落衰败。

[2]巫山巫峡：即指夔州（今奉节）一带的长江和峡谷。萧森：萧瑟阴森。

[3]兼天涌：波浪滔天。兼天：连天。

[4]塞上：指巫山。接地阴：风云盖地。"接地"又作"匝地"。

[5]丛菊两开：杜甫此前一年秋天在云安，此年秋天在夔州，从离开成都算起，已历两秋，故云"两开"。"开"字双关，一谓菊花开，又言泪眼开。他日：往日，指多年来的艰难岁月。

[6]故园：此处当指长安。

[7]寒衣：指冬天御寒的衣服。催刀尺：指赶裁新衣。

[8]白帝城：古城名，在今重庆奉节东白帝山上。东汉初年公孙述所筑，公孙述自号白帝，故城名为"白帝城"。急暮砧：黄昏时急促的捣衣声。砧：捣衣石。

译文

枫树在深秋露水的侵蚀下逐渐凋零、残伤，巫山和巫峡也笼罩在萧瑟阴森的迷雾中。

巫峡里面波浪滔天，上空的乌云则像是要压到地面上来似的，天地一片阴沉。

花开花落已两载，看着盛开的花，想到两年未曾回家，就不免伤心落泪。小船还系在岸边，虽然我不能东归，飘零在外的我，心却长系故园。

又在赶制冬天御寒的衣服了，白帝城上捣制寒衣的砧声一阵紧似一阵。看来又一年过去了，我对故乡的思念也愈加凝重，愈加深沉。

导读

《秋兴八首》是唐大历元年（766）秋杜甫在夔州时所作的一组七言律诗，因秋而感发诗兴，故曰"秋兴"。诗人晚年多病，知交零落，壮志难酬，在非常寂寞抑郁的心境下创作了这组诗。本诗是其中的第一首。

第一首是组诗的序曲，通过对巫山巫峡的秋色秋声的形象描绘，烘托出阴沉萧森、动荡不安的环境气氛，令人感到秋色秋声扑面惊心，抒发了诗人忧国之情和孤独抑郁之感。开门见山，抒情写景，波澜壮阔，感情强烈。

全诗以"秋"作为统帅，写暮年漂泊、老病交加、羁旅江湖，面对满目萧瑟的秋景而引起的国家兴衰、身世蹉跎的感慨；写长安盛世的回忆，今昔对比所引起的哀伤；写关注国家的命运、目睹国家残破而不能有所为、只能遥忆京华的忧愁抑郁。

全诗于凄清哀怨中，具沉雄博丽的意境。格律精工，词彩华茂，沉郁顿挫，悲壮凄凉，意境深宏，读来令人荡气回肠，最典型地表现了杜律的特有风格，有很高的艺术成就。

首联对秋而伤羁旅，是全诗的序曲，总写巫山巫峡的秋声秋色。用阴沉萧瑟、动荡不安的景物环境衬托诗人焦虑抑郁、伤国伤时的心情。亮出了"身在夔州，心系长安"的主题。

起笔开门见山叙写景物之中点明地点时间。"玉露"即白露，秋天，草木摇落，白露为霜。"巫山巫峡"，诗人所在。二句下字密重，用"凋伤""萧森"给意境笼罩着败落景象，气氛阴沉，定下全诗感情基调。

接着用对偶句展开"气萧森"的悲壮景象。"江间"承"巫峡"，"塞上"承"巫山"，波浪在地而兼天涌，风云在天而接地阴，可见整个天地之间风云波浪，极言阴晦萧森之状。万里长江滚滚而来，波涛汹涌，天翻地覆，是眼前的实景；"塞上风云"既写景物也寓时事。当时吐蕃入侵，边关吃紧，处处是阴暗的战云，虚实兼之。此联景物描绘之中，形象地表达了诗人和时局那种动荡不安、前途未卜的处境和作者胸中翻腾起伏的忧思与郁勃不平之气。把峡谷深秋、个人身世、国家沦丧囊括其中，波澜壮阔，哀感深沉。

颈联由继续描写景物转入直接抒情，即由秋天景物触动羁旅情思。与上两句交叉承接，"丛菊"承"塞上"句，"孤舟"承"江间"句。"他日"即往日，去年秋天在云安，今年此日在夔州，均对丛菊，故云"两开"，"丛菊两开他日泪"，表明去年对丛菊掉泪，今年又对丛菊掉泪；"两开"二字，实乃双关，既指菊开两度，又指泪流两回，见丛菊而流泪，去年如此，今年又如此，足见羁留夔州心情的凄伤。"故园心"，实即思念长安之心。"系"字亦双关词语：孤舟停泊，舟系于岸；心念长安，系于故园。从云安到夔州苦苦挣扎了两年，孤舟不发，见丛菊再开，不禁再度流泪，心总牵挂着故园。

尾联在时序推移中叙写秋声。西风凛冽，傍晚时分天气更是萧瑟寒冷，意味冬日即将来临，人们在加紧赶制寒衣，白帝城高高的城楼上，晚风中传来急促的砧声。白帝城在东，夔州府在西，诗人身在夔州，听到白帝城传来的砧杵之声。砧杵声是妇女制裁棉衣时，槌捣衣服的声音。砧即捣衣之石。此诗末二句，关合全诗，回到景物，时序由白天推到日暮，客子羁旅之情更见艰难。

30
登高^[1]

◇ 杜甫（唐）

风急天高猿啸哀^[2]，渚^[3]清沙白鸟飞回^[4]。

无边落木^[5]萧萧^[6]下，不尽长江滚滚来。

万里^[7]悲秋常作客^[8]，百年^[9]多病独登台。

艰难^[10]苦恨^[11]繁霜鬓^[12]，潦倒^[13]新停^[14]浊酒杯。

📋 注释

[1]诗题一作《九日登高》。古代农历九月九日有登高习俗。选自《杜诗详注》。作于唐代宗大历二年（767）秋天的重阳节。

[2]猿啸哀：猿凄厉的叫声。《水经注·江水》引民谣云："巴东三峡巫峡长，猿鸣三声泪沾裳。"

[3]渚（zhǔ）：水中的小洲；水中的小块陆地。

[4]鸟飞回：鸟在急风中飞舞盘旋。回：回旋。

[5]落木：指秋天飘落的树叶。

[6]萧萧：模拟草木飘落的声音。

[7]万里：指远离故乡。

[8]常作客：长期漂泊他乡。

[9]百年：犹言一生，这里借指晚年。

[10]艰难：兼指国运和自身命运。

[11]苦恨：极恨，极其遗憾。苦，极。

[12]繁霜鬓：增多了白发，如鬓边着霜雪。繁，这里作动词，增多。

[13]潦倒：衰颓，失意。这里指衰老多病，志不得伸。

[14]新停：刚刚停止。杜甫晚年因病戒酒，所以说"新停"。

📖 译文

风急天高猿猴啼叫显得十分悲哀，水清沙白的河洲上有鸟儿在盘旋。

无边无际的树木萧萧地飘下落叶，望不到头的长江水滚滚奔腾而来。

悲对秋景感慨万里漂泊常年为客，一生当中疾病缠身今日独上高台。

历尽了艰难苦恨白发长满了双鬓，衰颓满心偏又暂停了浇愁的酒杯。

📖 导读

这首诗歌写于大历二年秋天，是杜甫寄寓夔州时所作。诗人从唐玄宗天宝十四年开始挈妇将雏，流浪漂泊，备尝生活的艰辛，直到唐肃宗广德元年。公元767年的时候，虽然安史之乱已经结束4年了，但是地方军阀为了争夺地盘，扩大自己的势力范围又乘机而起，社会仍然是一片混乱。这时，杜甫已经是一位漂泊受难、饱经沧桑的 56 岁的老人了。他目睹了安史之乱给唐朝带来的重重创伤，感受到了时代的苦难，家道的衰败，也感受到了仕途的坎坷，晚年的孤独和生活的艰辛，心中百感交集，写下了这首慷慨激越、动人心弦，被称为"杜集七言律诗之冠"的《登高》一诗。

首联"风急天高猿啸哀，渚清沙白鸟飞回"，写诗人登高俯仰所见所闻，融合了诗人复杂而深沉的感情。夔州即今天四川的奉节，那里一向以猿多声哀而著称，自古就有"巴东三峡巫峡长，猿鸣三声泪沾裳；巴东三峡巫峡悲，猿鸣三声泪沾衣"之说，而峡口更以风大浪急而闻名，这时诗人独自登上高处，视线从高到低，举目四望，侧耳聆听，围绕夔州的特定环境，诗人选择了凄冷的秋风、空旷的天空、凄厉哀怨的猿声，以及凄清的江水、白茫茫的沙滩、回旋飞翔的鸟群等意象，为我们描绘了一幅"冷冷清清、凄凄惨惨戚戚"的悲凉画面。特别是"猿啸哀"和"鸟飞回"两个细节，仿佛是诗人在倾诉着无穷无尽的老病孤独的复杂情感，又仿佛是包括诗人在内的成千上万个长年漂泊流离失所者的真实而形象的写照，寥寥数言，为全诗定下了哀婉凄凉、深沉凝重的抒情基调。

颔联"无边落木萧萧下，不尽长江滚滚来"，集中表现了深秋时节的典型特征。落木茫无边际、萧萧而下，是诗人仰视所望；江水奔腾不息、滚滚而去，是诗人俯视所见，这里有"萧萧"之声，也有"滚滚"之势，让人感到整个画面气象万千，苍凉悲壮，气势雄浑壮观，境界宏阔深远。更为重要的是，我们从这里仿佛感受到了诗人面对逝者如斯的江水所发出的韶光易逝、人生苦短的慨叹，面对一枯一荣的落木所抒发的壮志难酬、无可奈何的苦痛！沉郁悲凉的对句，将诗人"艰难苦恨"的人生境遇书写得淋漓尽致，用语精当，气势宏伟，前人把它誉为"古今独步"的"句中化境"，实在不足为过。

颈联"万里悲秋常作客，百年多病独登台"，将以上两联所蕴含的感情进一步明朗化，从时间和空间两个方面把诗人的忧国伤时的惆怅表现得富有层次性和立体感：一悲漂泊憔悴，离乡万里；二悲深秋萧瑟，苍凉恢廓；三悲人生苦短，喜怒无常；四悲羁旅他乡，作客异地；五悲暮年登高，力不从心；六悲体弱多病，处境艰难；七悲孤苦伶仃，愁苦难遣……工整严谨的对句，不仅饱含了诗人像落叶一样排遣不尽的羁旅愁，也饱含了诗人像江水一样驱赶不尽的孤独恨，丰富的内蕴，让我们深深地感受到了杜甫那沉重地跳动着的感情的脉搏和时代的强音！

尾联"艰难苦恨繁霜鬓，潦倒新停浊酒杯"，诗人备尝艰难潦倒之苦，国难家仇，已经使诗人白发日多，苦不堪言，本欲借酒遣愁，但由于因病断酒，悲愁就更难以排遣，这又无端地给诗人增添了一层深深的惆怅和无奈的慨叹。这里诗人将潦倒不堪归结于时世艰难，其忧国伤时的情操表现得淋漓尽致。

整首诗歌"悲"字是核心，是贯穿全诗的主线。诗人由内心伤悲而登高遣悲，由登高遣悲到触景生悲，由触景生悲到借酒遣悲，由借酒遣悲到倍增新悲，全诗起于"悲"而终于"悲"，悲景着笔，悲情落句，大有高屋建瓴之形，阪上走丸之气势，这"悲"字是诗人感时伤怀思想的直接流露，是诗人忧国忧民感情的充分体现，这种质朴而博大的胸怀，让人品读咀嚼，至再至三，掩卷深思，叹惋无穷！

31
登岳阳楼

◇ 杜甫（唐）

昔闻洞庭水[1]，今上岳阳楼[2]。

吴楚[3]东南坼[4]，乾坤[5]日夜浮[6]。

亲朋无一字[7]，老病[8]有孤舟[9]。

戎马[10]关山北[11]，凭轩[12]涕泗流[13]。

📋 注释

[1] 洞庭水：即洞庭湖，在今湖南北部，长江南岸，是中国第二淡水湖。

[2] 岳阳楼：即岳阳城西门楼，在湖南省岳阳市，下临洞庭湖，为游览胜地。

[3] 吴楚：吴楚两地在我国东南。

[4] 坼（chè）：分裂。

[5] 乾坤：指日、月。

[6] 浮：日月星辰和大地昼夜都飘浮在洞庭湖上。

[7] 无一字：音信全无。字：这里指书信。

[8] 老病：杜甫时年五十七岁，身患肺病，风痹，右耳已聋。

[9] 有孤舟：唯有孤舟一叶飘零无定。

[10] 戎马：指战争。

[11] 关山北：北方边境。

[12] 凭轩：靠着窗户。

[13] 涕泗（sì）流：眼泪禁不住地流淌。

➡️ 译文

以前就听说洞庭湖波澜壮阔，今日终于如愿登上岳阳楼。

浩瀚的湖水把吴楚两地分隔开来，整个天地仿佛在湖中日夜浮动。

亲朋好友们音信全无，年老多病只有一只船孤零零地陪伴自己。

关山以北战争烽火仍未止息，凭栏遥望胸怀家国泪水横流。

📖 导读

大历三年（768），当时杜甫沿江由江陵、公安一路漂泊，来到岳州（今属湖南）。登上神往已久的岳阳楼，凭轩远眺，诗人发出由衷的礼赞。

继而想到自己晚年漂泊无定，国家多灾多难，又不免感慨万千，于是在岳阳写下《登岳阳楼》《泊岳阳城下》和《陪裴使君登岳阳楼》。

首联虚实交错，今昔对照，从而扩大了时空领域。写早闻洞庭盛名，然而到暮年才实现目睹名湖的愿望，表面看有初登岳阳楼之喜悦，其实意在抒发早年抱负至今未能实现之情。用"昔闻"为"今上"蓄势,归根结底是为描写洞庭湖酝酿气氛。

颔联写洞庭的浩瀚无边。洞庭湖坼吴楚、浮日夜,波浪掀天,浩茫无际,真不知此老胸中吞几云梦!这是写洞庭湖的佳句,被王士禛赞为"雄跨今古"。写景如此壮阔,令人玩索不尽。

颈联写政治生活坎坷,漂泊天涯,怀才不遇的心情。"亲朋无一字",得不到精神和物质方面的任何援助;"老病有孤舟",从大历三年正月自夔州携带妻儿、乘舟出峡以来,既"老"且"病",漂流湖湘,以舟为家,前途茫茫,何处安身,面对洞庭湖的汪洋浩渺,更加重了身世的孤危感。自叙如此落寞,于诗境极阔极狭的突变与对照中寓无限情意。

尾联写眼望国家动荡不安,自己报国无门的哀伤。上下句之间留有空白,引人联想。开端"昔闻洞庭水"的"昔",当然可以涵盖诗人在长安一带活动的十多年时间。而这,在空间上正可与"关山北"拍合。"凭轩"与"今上"首尾呼应。

首联叙事,颔联描写,颈联抒情,尾联总结。通篇是"登岳阳楼"诗,却不局限于写"岳阳楼"与"洞庭水"。诗人屏弃眼前景物的精微刻画,从大处着笔,吐纳天地,心系国家安危,悲壮苍凉,催人泪下。时间上抚今追昔,空间上包吴楚、越关山。其身世之悲,国家之忧,浩浩茫茫,与洞庭水势融合无间,形成沉雄悲壮、博大深远的意境。

32

题乌江亭[1]

◇ 杜牧（唐）

胜败兵家事不期[2]，包羞忍耻[3]是男儿。

江东[4]子弟多才俊，卷土重来未可知。

📋 注释

[1]乌江亭：在今安徽和县东北的乌江浦。《史记·项羽本纪》载：项羽兵败，乌江亭长备好船劝他渡江回江东再图发展，他觉得无颜见江东父老，乃自刎于江边。

[2]不期：难以预料。

[3]包羞忍耻：意谓大丈夫能屈能伸，应有忍受屈辱的胸襟气度。

[4]江东：自汉至隋唐称自安徽芜湖以下的长江南岸地区为江东。

➡ 译文

胜败乃是兵家常事，难以事前预料。能够忍辱负重，才是真正男儿。

西楚霸王啊，江东子弟人才济济，若能重整旗鼓卷土杀回，楚汉相争，谁输谁赢还很难说。

➡ 作者介绍

杜牧（约803—852），字牧之，号称杜紫薇，又号樊川居士，汉族，京兆万年（今陕西西安），晚唐时期杰出的诗人、散文家。唐文宗大和二年26岁中进士，授弘文馆校书郎。后赴江西观察使幕，转淮南节度使幕，又入观察使幕。史馆修撰，膳部、比部、司勋员外郎，黄州、池州、睦州刺史等职，官至中书舍人。以七言绝句著称，内容以咏史抒怀为主。他的古体诗受杜甫、韩愈的影响，题材广阔，笔力峭健。他的近体诗则以文辞清丽、情韵跌宕见长。与另一晚唐诗人李商隐合称"小李杜"。

📖 导读

杜牧政治才华出众，十几岁的时候，正值唐宪宗讨伐藩镇，振作国事。他在读书之余，关心军事，专门研究过孙子，写过十三篇《孙子》注解，也写过许多策论咨文。特别是有一次献计平虏，被宰相李德裕采用，大获成功。作为对兵家颇有研究的诗人，他眼光独特，对历史上已有结局的战争的看法，自然有别于他人。此诗首句说胜败是兵家常事，次句批评项羽斗勇尚气，不能忍辱含耻，缺乏百折不挠大将气度，不是真正的英雄。三四句设想项羽假如能回江东重整旗鼓，就可以卷土重来。这句有对项羽负气自刎的惋惜，也有对他眼光短浅、不善于把握机遇、不善于听取别人的意见的批评，终至失败。司马迁曾一针见血地指出项羽失败的原因。说他胸无大局，放弃关中，留恋楚地，过早放逐义帝而自立为王，致使王侯背叛；又自夸功劳，独逞私欲,不效法古人;固执地认为霸业只依靠武力,结果仅仅五年的时光,就国灭身亡了。杜牧则以兵家的眼光论成败由人之理。二人都注重人事,但司马迁是总结项羽失败的教训,强调其失败的必然性;杜牧从这一事件中翻出新意,强调兵家须有远见卓识和不屈不挠的意志。

首句直截了当地指出胜败乃兵家之常这一普通常识,并暗示关键在于如何对待的问题,为下文作好铺垫。"事不期",是说胜败的事,不能预料。

第二句强调指出只有"包羞忍耻",才是"男儿"。项羽遭到挫折便灰心丧气,含羞自刎,怎么算得上真正的"男儿"呢?"男儿"二字,令人联想到自诩为"力拔山兮气盖世"的西楚霸王,直至临死,也难找到失败的原因,只能归咎于"时不利"而羞愤自杀,有愧于他的"英雄"称号。从反面强调胸怀全局、韬光养晦、百折不挠的真正男儿本色。

第三句"江东子弟多才俊",是对亭长建议"江东虽小,地方千里,众数十万人,亦足王也"的概括。人们历来欣赏项羽"无颜见江东父兄"一语,认为表现了他的气节。其实这恰好反映了他的刚愎自用,不纳忠言。他错过了韩信,气死了范增,确实愚蠢可笑。然而在这最后关头,如果他能面对现实,"包羞忍耻",采纳忠言,重返江东,重整旗鼓,再战天下,则胜负之数,或未易量。

第四句"卷土重来未可知",是全诗最有力的句子,其意是说如能做到这样,还是大有可为的;可惜的是项羽却不肯放下架子而自刎了,自行湮灭所有希望,殊为可惜可叹。诗句这样急转直下,令人想见"江东子弟""卷土重来"的磅礴气势,给人以无限的遐想,给人以无限的希望。同时,也暗含了作者的惋惜、批判、讽刺,还表明了"败不馁"的道理,是颇有积极意义的。

整首诗议论清新脱俗,是杜牧咏史诗的特色。这首诗警醒人们,吸取历史教训:无论做事还是治理天下,都要胸怀全局,采纳雅言,善于把握时机;从个人角度出发,要胸怀宽广,能忍辱负重;有百折不挠的品质。这都具有与时俱进的时代意义。

33
商山早行^[1]

◇ 温庭筠（唐）

晨起动征铎^[2]，客行悲故乡。

鸡声茅店^[3]月，人迹板桥^[4]霜。

槲^[5]叶落山路，枳花明驿墙^[6]。

因思杜陵^[7]梦，凫雁^[8]满回塘^[9]。

注释

[1]商山:山名,又名尚阪、楚山,在今陕西商洛市东南山阳县与丹凤县辖区交汇处。作者曾于大中(唐宣宗年号,847—860)末年离开长安,经过这里。

[2]动征铎:震动出行的铃铛。征铎:车行时悬挂在马颈上的铃铛。铎:大铃。

[3]茅店:乡村小客舍,同"茅舍"。用茅草盖成的旅舍。

[4]板桥:木板架设的桥。

[5]槲(hú):陕西山阳县生长的一种落叶乔木。叶子在冬天虽枯而不落,春天树枝发芽时才落。每逢端午用这种树叶包出的槲叶粽也成了当地特色。

[6]枳(zhǐ):也叫"臭橘",一种落叶灌木或小乔木。春天开白花,果实似橘而略小,酸不可吃,可用作中药。明驿墙:一作照驿墙。明:使……明艳。驿(yì)墙:驿站的墙壁。驿:古时候递送公文的人或来往官员暂住、换马的处所。这句意思是说:枳花鲜艳地开放在驿站墙边。

[7]杜陵:地名,在长安城南(今陕西西安东南),古为杜伯国,秦置杜县,汉宣帝筑陵于东原上,因名杜陵,这里指长安。作者此时从长安赴襄阳投友,途经商山。

[8]凫(fú)雁:凫,野鸭;雁,一种候鸟,春往北飞,秋往南飞。

[9]回塘:岸边曲折的池塘。

译文

黎明起床,车马的铃铎已震动;踏上遥遥征途,游子悲思故乡。

鸡声嘹亮,茅草店沐浴着晓月的余晖;板桥弥漫清霜,先行客人足迹行行。

枯败的槲叶,落满了荒山的野路;淡白的枳花,鲜艳地开放在驿站的泥墙边。

回想昨夜梦见杜陵的美好情景,一群群鸭雁,正嬉戏在岸边的湖塘里。

作者介绍

温庭筠(约812—866),唐代诗人、词人。本名岐,字飞卿,太原祁(今山西祁县东南)人。富有天才,文思敏捷,每入试,押官韵,八叉手而成八韵,所以也有"温八叉"之称。然恃才不羁,又好讥刺权贵,多犯忌讳,取憎于时,故屡举进士不第,长被贬抑,终生不得志。官终国子助教。精通音律。工诗,与李商隐齐名,时称"温李"。其诗辞藻华丽,秾艳精致,内容多写闺情。其词艺术成就在晚唐诸词人之上,为"花间派"

首要词人,对词的发展影响较大。在词史上,与韦庄齐名,并称"温韦"。存词七十余首。后人辑有《温飞卿集》及《金奁集》。

 导读

这首诗大约写于温庭筠晚年离长安赴襄阳,经商山时所作。他久困科场,功业无望,年近五十还为生计所迫,离乡背井,心情黯然,思家怀乡之情自然深蕴诗中。

这首诗之所以为人们所传诵,是因为它通过鲜明的艺术形象,真切地反映了封建社会里一般旅人的某些共同感受。此诗描写了旅途中寒冷凄清的早行景色,抒发了游子在外的孤寂之情和浓浓的思乡之意,字里行间流露出人在旅途的失意和无奈。整首诗正文虽然没有出现一个"早"字,但是通过霜、茅店、鸡声、人迹、板桥、月这六个意象,把初春山村黎明特有的景色,细腻而又精致地描绘出来。全诗语言明净,结构缜密,情景交融,含蓄有致,字里行间都流露出游子在外的孤寂之情和浓浓的思乡之情,是唐诗中的名篇,也是文学史上写羁旅之情的名篇。尤其是诗的颔联:"鸡声茅店月,人迹板桥霜",更是脍炙人口,备受推崇。

首联"晨起动征铎,客行悲故乡",第一句写早晨旅店中的情景。"晨起",点题"早行"。清晨起床,旅店里外已经响起了叮当的车马铃声。这一句话极为简练概括。从"征铎"声我们可以联想到,旅客们有的正在忙着套马,有的正在驾车向外走,热闹非凡。第二句"客行悲故乡",这句虽然出自诗人之口,但代表了许多旅客的心声。过去交通不便,风餐露宿,身处他乡,人情浅薄。一个"悲"字,表明客人们离开住地,与故乡渐行渐远,自然产生前途未卜的悲凉心情。

颈联"鸡声茅店月,人迹板桥霜",这两句是脍炙人口的名句。可以说状难写之境,用语精妙。两句诗用十个名词,代表了十种景物:鸡、声、茅、店、月、人、迹、板、桥、霜。内容涵盖丰富,画面多重组合,可以形成各种景象。例如,天边孤悬一轮明月,依旧朗照在大地上,山村茅店内外雄鸡引颈啼鸣,住店客人见明月,闻鸡鸣,突出一个早行,表现客人早起收拾行装,出店门赶路。同样,一个"霜"字点明早行的季节,初春时节,凌晨时候,幽深大山里,天降霜露,大地洁白,桥面更是白霜铺地,格外醒目,人过留迹。本来月色尚明,雄鸡报晓,诗人就起床赶路,没想到此时外面已经到处都是人迹,自己已经不算早行了。这两句将早行的情景写得有声有色,形象生动,历历在目。同样,对于早行者来说,板桥、霜和霜上的人迹也都是有特征性的景物。作者于雄鸡报晓、残月未落之时上路,也算得上"早行"了;然而已经是"人迹板桥霜",这真是"莫道君行早,更有早行人"啊!

颔联"槲叶落山路,枳花明驿墙",写的是刚上路的景色。商县、洛南一带,枳树、槲树很多。槲树的叶片很大,初春时节,硕大槲叶干枯,挂满枝头,飘落山路。而这时候,枳树的白花已在开放。因为天还没有大亮,驿墙旁边的白色枳花,就比较显眼,所以用了个"明"字。可以看出,诗人始终没有忘记"早行"二字。枯叶飘零,枳花明艳,天气寒冷,诗人遭遇的不幸,奔波的伤感也就投射在这样匆忙赶路的身影里,这种令人黯然的景物中,为下文写思乡作了浓墨重彩的铺垫。

尾联"因思杜陵梦,凫雁满回塘",写的是旅途早行的景色,诗人恍惚中想起了昨夜梦中的故乡景色:"凫雁满回塘",春天来了,故乡杜陵,回塘水暖,凫雁自得其乐;而自己孑然飘零,与熟悉的家渐行渐远,在茅店里歇脚,在山路上奔波。"杜陵梦",补出了夜间在茅店里思家的心情,与"客行悲故乡"首尾照应;而梦中的故乡景色与旅途上的景色又形成鲜明的对照。眼里看的是"槲叶落山路",心里想的是"凫雁满回塘"。抒发了诗人浓浓思念故乡的情感,表达了对自己不平遭遇的无限感慨。

34
陇西行^[1]

◇ 陈陶（唐）

誓扫匈奴不顾身，五千貂锦^[2]丧胡尘。

可怜无定河^[3]边骨，犹是春闺^[4]梦里人。

📖 注释

[1]陇西行：古代歌曲名。

[2]貂锦：汉代羽林军穿锦衣貂裘，这里借指精锐部队。

[3]无定河：在陕西北部。

[4]春闺：这里指战死者的妻子。

✎ 译文

> 唐军将士誓死横扫匈奴奋不顾身，五千身穿锦袍的精兵战死在胡尘。
>
> 真可怜呵那无定河边成堆的白骨，还是少妇们春闺里思念的梦中人。

➷ 作者介绍

陈陶（约812—885），字嵩伯，号三教布衣。《全唐诗》卷七百四十五"陈陶"传作"岭南（一云鄱阳，一云剑浦）人"。然而从其《闽川梦归》等诗题，以及称建水（在今福建南平市东南，即闽江上游）一带山水为"家山"（《投赠福建路罗中丞》）来看，当是剑浦（今福建南平）人，而岭南（今广东广西一带）或鄱阳（今江西波阳）只是他的祖籍。早年游学长安，善天文历象，尤工诗。举进士不第，遂恣游名山。唐宣宗大中（847—860）时，隐居洪州西山（今江西新建县西），后不知所终。有诗十卷，已散佚，后人辑有《陈嵩伯诗集》一卷。

📖 导读

这首《陇西行》诗反映了唐代长期的边塞战争给人民带来的痛苦和灾难。虚实相对，用意工妙。诗情凄楚，令人潸然泪目。

"誓扫匈奴不顾身，五千貂锦丧胡尘。"以精炼概括的语言，叙述了一个慷慨悲壮的激战场面。唐军报效家国，奋勇向前，誓死杀敌，但结果五千将士全部血洒疆场，命殒"胡尘"。"誓扫""不顾"，表现了唐军将士忠勇敢战的气概和献身精神。汉代羽林军穿锦衣貂裘，这里借指精锐部队。部队如此精良，战死者达五千余众，足见战斗之激烈和伤亡之惨重。

"可怜无定河边骨，犹是春闺梦里人。"作者前两句直写战争带来的悲惨景象，但他没有渲染家人的悲伤情绪，而是匠心独运，把"河边骨"和"春闺梦"联系起来，写闺中妻子不知征人战死，仍然在梦中想见已成白骨的丈夫，几回回梦中与征人相会，是那样甜蜜美好，现实却是连年征战，"良人"与家人长久未能通信，失去联系，天人相隔，互不相知。这就使全诗产生震撼心灵的悲剧力量。现实生活中，知道亲人死去，固然会引起悲伤，但确知亲人的下落，毕竟是一种告慰。而这里，长年音讯杳然，人早已变成无定河边的枯骨，妻子却还在梦境之中盼"良人罢远征"，早日归来团聚。灾难和不幸早已降临到身上，活着的人竟毫不觉察，反而满怀着热切美好的希望，期望与远征在外的丈夫团圆，这才是真正的悲剧。

这首诗的跌宕处全在三、四两句。"可怜"句紧承前句，为题中之义；"犹是"句宕开一笔，另辟新境。"无定河边骨"和"梦里人"，一边是现实，一边是梦境；一边是悲哀凄凉的枯骨，一边是春闺的女子，虚实相对，荣枯迥异，造成强烈的艺术效果。一个"可怜"，一个"犹是"，包含着多么深沉的感慨，凝聚了诗人对战死者及其家人的无限同情。

陈陶诗中的少妇深信丈夫还活着，丝毫不疑其已经死去，几番梦中相逢。诗意更深挚，情景更凄惨，读来更让人潜然泪下。

此诗首句写唐军将士奋不顾身"誓扫匈奴"，给人留下了深刻的印象。而次句写五千精良之兵，一夕之间丧生于"胡尘"，令人扼腕叹息。征人战死的悲壮，少妇的命运就更值得同情。所以这些描写正是为后两句表现少妇思念征人张本。可以说，若无前两句明白畅达的叙述描写作铺垫，怎能显出后两句的凄怆伤感，让人侧目，唏嘘不已。由此可见作者的匠心，可见作者的用意工妙。

35
无题[1]

◇ 李商隐（唐）

相见时难别亦难，东风无力百花残。

春蚕到死丝方尽[2]，蜡炬成灰泪始干[3]。

晓镜但愁云鬓[4]改，夜吟应觉月光寒。

蓬山[5]此去无多路，青鸟[6]殷勤为探看。

📋 注释

[1]无题：唐代以来，有的诗人不愿意标出能够表示主题的题目时，常用"无题"作诗的标题。

[2]丝方尽：丝，与"思"是谐音字，"丝方尽"意思是除非死了，思念才会结束。

[3]泪始干：泪，指燃烧时的蜡烛油，这里取双关义，指相思的眼泪。

[4]晓镜：早晨梳妆照镜子。云鬓：女子多而美的头发，这里比喻青春年华。

[5]蓬山：蓬莱山，传说中海上仙山，比喻被怀念者住的地方。

[6]青鸟：神话中为西王母传递音信的信使。

➥ 译文

见面的机会真是难得，分别时更是难舍难分，况且又兼东风将收的暮春天气，百花残谢，更加使人伤感。

春蚕结茧到死时丝才吐完，蜡烛要燃尽成灰时像泪一样的蜡油才能滴干。

女子早晨妆扮照镜，只担忧丰盛如云的鬓发改变颜色，青春的容颜消失。男子晚上长吟不寐，定然感到冷月侵人。

对方的住处就在不远的蓬莱山，却无路可通，可望而不可即。希望有青鸟一样的使者殷勤地为我去探看情人。

➤ 作者介绍

李商隐（约813—858），字义山，号玉溪（谿）生、樊南生，唐代著名诗人，祖籍河内（今河南焦作）沁阳，出生于郑州荥阳。他擅长诗歌写作，骈文文学价值也很高，是晚唐最出色的诗人之一，和杜牧合称"小李杜"，与温庭筠合称为"温李"，因诗文与同时期的段成式、温庭筠风格相近，且三人都在家族里排行第十六，故并称为"三十六体"。其诗构思新奇，风格秾丽，尤其是一些爱情诗和无题诗写得缠绵悱恻，优美动人，广为传诵。但部分诗歌过于隐晦难解，众说纷纭，莫衷一是。至有"诗家总爱西昆好，独恨无人作郑笺"之说。他一生很不得志。死后葬于家乡沁阳（今河南焦作市沁阳与博爱县交界之处）。作品收录为《李义山诗集》。

📖 导读

　　这首诗借女性之口抒写爱情心理，在悲伤、痛苦之中，寓有灼热的渴望和坚忍的执着精神，感情境界深微绵远，极为丰富。

　　首联"相见时难别亦难，东风无力百花残"，女主人公畅抒胸臆，叙写自己爱情的不幸遭遇和痛苦的心绪。由于受到某种力量的阻隔，自己与相恋的人难以相会，长久分离的痛苦使她难以忍受。相会不得的痛苦，已是让人难以忍受，而万重阻隔之后的别后思念更让她辗转反侧，肝肠寸断。女主人公日思夜想、形销骨立的缠绵纤弱之状跃然纸上，这样刻骨的思念，这样万般痛苦的她恰又面对着暮春景物，当然更使她悲怀难遣。暮春时节，东风绵弱，百花凋谢，落英满地，美好即将逝去，自己的境遇之不幸和心灵的创痛，也同眼前这随着春天的流逝而凋残的花朵一样，受到摧残，陨落尘埃，岂不令人兴起无穷的怅惘与惋惜！首联情景交融，寓情于景。抒写自己想念恋人不得相见及别后思念的万般痛苦，含蕴着自己对爱情的渴望与执着。

　　颔联"春蚕到死丝方尽，蜡炬成灰泪始干"，"春蚕到死丝方尽"中的"丝"字与"思"谐音，全句是说，自己对于恋人的思念，如同春蚕吐丝，至死方休。"蜡炬成灰泪始干"是比喻自己为不能相聚而痛苦，无尽无休，仿佛蜡泪直到蜡烛烧成了灰才流尽一样。思念不已，显眷恋之深，到死方止谓其一生都将处于思念中；侧面写出相会无期，前途无望，这种痛苦也将终生相伴。在这两句里，既有失望的悲伤与痛苦，也有缠绵、灼热的执着与追求。追求是无望的，无望中仍要追求，因此这追求也就有了悲剧色彩。这些感情，好像在无穷地循环，难以求其端绪；又仿佛组成一个多面的立体，让人想见女主人公对爱情的执着，她的热烈的渴望，她的魂牵梦绕，她的悲伤情怀等等。诗人只用两个比喻就圆满地表现了如此复杂的心理状态，巧妙地揭示女主人公内心的感情活动，把难以言说的复杂感情具体化，写得细腻精彩，让人称奇。

　　颈联"晓镜但愁云鬓改，夜吟应觉月光寒"，转入写外向的心理活动。第一句写自己，第二句想象恋人的情况。"云鬓改"，是说自己因为痛苦的折磨，夜晚辗转不能成眠，以至于鬓发斑白，容颜憔悴，清晨又为憔悴而痛苦。夜间的痛苦，是因为爱情的追求不得实现；次日为这憔悴而愁，为了爱情女主人公希望永葆青春。总之，为爱情而憔悴，而痛苦。这种昼夜回环、缠绵往复的感情，含蓄地表现她痛苦而执着的心曲。"夜吟"句是推己及人，想象对方和自己一样痛苦。他揣想对方大概也被别后相思之苦所困，也夜不成寐，只能吟诗遣怀，但是愁怀深重，茕茕孑立，对方想应感到环境凄清,月光寒冷,心情暗淡。"应"字是揣度、料想的口气,表明这一切都是自己对于对方的想象。想象如此生动,体现了她对恋人的思念之切和了解之深。

尾联"蓬山此去无多路,青鸟殷勤为探看",想象越具体,思念越深切,便越会燃起会面的渴望。既然会面无望,于是只好请使者为自己殷勤致意,替自己去看望他。这就是结尾两句的内容。古诗词中常以仙侣比喻情侣,青鸟是一位女性仙人(西王母的使者),蓬山是神话传说中的一座仙山,所以这里以蓬山作为对方居处的象征,而以青鸟作为抒情主人公的使者出现。这个寄希望于使者的结尾,并没有改变"相见时难"的痛苦境遇,不过是无望中的希望,前途依旧渺茫。诗已经结束了,抒情主人公的痛苦与追求还在继续。

这首诗,从头至尾都融汇着女主人公痛苦、失望而又缠绵、执着的感情,诗中每一联都是这种感情状态的反映,但是各联的具体意境又彼此有别。它们从不同的角度反复表现着融贯全诗的复杂感情,同时又以彼此之间的密切衔接而纵向地反映以这种复杂感情为内容的心理过程。这样的抒情,连绵往复,细微精深,成功地再现了心底的绵邈深情。

36
山中寡妇[1]

◇ 杜荀鹤（唐）

夫因兵死守蓬茅[2]，麻苎衣衫鬓发焦[3]。

桑柘[4]废来犹纳税，田园荒后尚征苗[5]。

时挑野菜和[6]根煮，旋斫生柴[7]带叶烧。

任是深山更深处，也应无计避征徭[8]。

.

注释

[1]本诗创作背景：唐朝末年，朝廷上下，军阀之间，连年征战，造成"四海十年人杀尽"（《哭贝韬》），"山中鸟雀共民愁"（《山中对雪》）的悲惨局面，给人民带来极大的灾难。此诗即创作于这种社会背景下，具体创作时间不详。

[2]蓬茅：茅草盖的房子。

[3]麻苎（zhù）：即苎麻。鬓发焦：因吃不饱，身体缺乏营养而头发变成枯黄色。

[4]柘：树木名，叶子可以喂蚕。

[5]后：一作"尽"。征苗：征收农业税。

[6]和：带着，连。

[7]旋：同"现"。斫：砍。生柴：刚从树上砍下来的湿柴。

[8]征徭：赋税和徭役。

译文

丈夫死于战乱地独守茅屋受煎熬，身穿苎麻布衣衫鬓发干涩又枯焦。

桑树柘树全废毁仍然还要交纳蚕丝税，田园耕地已荒芜仍要征收农业税。

时常在外挖些野菜连着根须一起煮，现砍生柴带着叶子一起烧。

任凭你住在比深山更深的偏僻处，也没办法逃脱官府的赋税和兵徭。

作者介绍

杜荀鹤（846—904），唐代诗人。字彦之，号九华山人。汉族，池州石埭（今安徽石台）人。大顺进士，以诗名，自成一家，尤长于宫词。大顺二年，第一人擢第，复还旧山。宣州田頵遣至汴通好，朱全忠厚遇之，表授翰林学士、主客员外郎、知制诰。恃势侮易缙绅，众怒，欲杀之而未及。天祐初卒。自序其文为《唐风集》十卷，今编诗三卷。事迹见孙光宪《北梦琐言》、何光远《鉴诫录》、《旧五代史·梁书》本传、《唐诗纪事》及《唐才子传》。

导读

此诗反映了在统治阶级残酷的剥削和压榨下劳动人民的悲惨遭遇。全诗通过山中寡妇这样一个典型人物的悲惨命运，透视当时社会的面貌，语极沉郁悲愤。诗人把寡妇的苦难写到了极致，造成一种浓厚的悲剧氛围，从而使人民的苦痛，诗人的情感，都通过生活场景的描写自然地流露出来，产生了感人的艺术力量。

此诗的首联第一句"夫因兵死守蓬茅"，唐朝末年，藩镇割据严重，为争夺地盘，连年征战，作者起笔就从这兵荒马乱的时代落笔，概括地写出了这位农家妇女的不幸遭遇：战乱夺走了她的丈夫，无处安身，迫使她孤苦一人，逃入深山破茅屋中栖身。第二句"麻苎衣衫鬓发焦"一句，抓住"衣衫""鬓发"这些最能揭示人物本质的细节特征，简洁而生动地刻画出寡妇贫困痛苦的形象：身着粗糙的麻布衣服，鬓发枯黄，面容憔悴，肖其貌而传其神。从下文"时挑野菜""旋斫生柴"的描写来看，山中寡妇应该还是青壮年妇女，照说她的鬓发色泽该是好看的，但由于苦难的煎熬，使她鬓发早已焦黄枯槁，显得苍老了。简洁的肖像描写，衬托出人物的内心痛苦，写出了她那饱经忧患的身世。表明长期战乱给社会带来的巨大灾难，给普通百姓造成的巨大创痛。

然而，战乱带来的伤痛远不止这些，对这样一个孤苦可怜的寡妇，统治阶级也并不放过对她的榨取，而且手段是那样残忍："桑柘废来犹纳税，田园荒后尚征苗。"此处的"纳税"，指缴纳丝税；"征苗"，指征收青苗税，这是代宗广德二年开始增设的田赋附加税，因在粮食未成熟时征收，故称。古时以农桑为本，由于战争的破坏，桑林伐尽了，田园荒芜了，而官府却不顾人民的死活，照旧逼税和"征苗"。残酷的赋税剥削，使这位孤苦贫穷的寡妇无以为生。此联揭示了上联"鬓发焦"的社会原因。

颈联"时挑野菜和根煮，旋斫生柴带叶烧"，频繁的战乱与繁重的徭役、赋税，使广大人民赤贫，她只能挖来野菜，连菜根一起煮了吃；繁重的徭役，使普通百姓平时连收集柴草的功夫都没有，烧柴也很困难，只能砍活树带叶做柴"带叶烧"。这两句是采用一种加倍强调的说法，通过这种艺术强调，渲染了山中寡妇那难以想象的困苦状况以及造成这种贫困的社会原因。揭露了统治者的罪恶。

尾联，诗人面对民不聊生的黑暗现实，发出深沉的感慨："任是深山更深处，也应无计避征徭"。寡妇不堪忍受苛敛重赋的压榨，迫不得已逃入深山。深山生存条件恶劣，毒蛇猛兽出没，然而，剥削的魔爪是无孔不入的，即使逃到"深山更深处"，也难以逃脱赋税和徭役的罗网。像孔子的"苛政猛于虎"一样，"任是""也应"两个关联词用得极好。可以看出，诗人的笔触像匕首一样揭露了封建统治者的残暴统治。寄寓了作者对下层劳动人民的深切同情。

　　诗人把寡妇的苦难写到了极致，造成一种浓厚的悲剧氛围，从而使人民的苦痛，诗人的情感，都通过生活场景的描写自然地流露出来，产生了感人的艺术力量。最后，诗又在形象描写的基础上引发感慨，把读者的视线引向一个更广阔的境界，不但使人看到了一个山中寡妇的苦难，而且使人想象到和寡妇同命运的广大人民的苦难。这就从更大的范围、更深的程度上揭露了统治者残酷的剥削，深化了主题，使诗的蕴意更加深厚。统治者争权夺利，连年征战，横征暴敛，失去民心，预示大唐王朝走向灭亡的必然。

37
雨霖铃[1]

◇ 柳永（宋）

寒蝉凄切。对长亭[2]晚，骤雨初歇。都门帐饮[3]无绪，留恋处[4]，兰舟[5]催发。执手相看泪眼，竟无语凝噎[5]。念去去，千里烟波，暮霭沉沉楚天[7]阔。

多情自古伤离别，更那堪冷落清秋节！今宵酒醒何处？杨柳岸，晓风残月。此去经年[8]，应是良辰好景虚设。便纵有千种风情，更与何人说？

📋 注释

[1]雨霖铃：唐教坊曲，后用为词牌。相传为唐玄宗入蜀时，霖雨弥旬，栈道中闻铃声，玄宗悼念贵妃，采其声为《雨琳铃曲》以寄恨，由梨园子弟张野狐用筚篥吹奏，于是传世。上下阕一百零三字，仄韵。

[2]长亭：古时驿路上十里一长亭，五里一短亭，都是行人休息或送别之处。

[3]都门帐饮：在京城郊外，设置帐嘉宴饮送行。

[4]留恋处：一作"方留恋处"。

[5]兰舟：木兰舟，船的美称。

[6]凝噎：喉咙里像是塞住，说不出话来。一作"凝咽"。

[7]楚天：先秦楚国在南方，故称南天为楚天。

[8]经年：年复一年。

➡ 译文

秋后的蝉叫得是那样凄凉而急促，面对着长亭，正是傍晚时分，一阵急雨刚停住。在京都城外设帐饯别，却没有畅饮的心绪，正在依依不舍的时候，船上的人已催着出发。握着手互相瞧着，满眼泪花，直到最后也无言相对，千言万语都噎在喉间说不出来。想到这回去南方，这一程又一程，千里迢迢，一片烟波，那夜雾沉沉的楚地天空竟是一望无边。

自古以来多情的人最伤心的是离别，更何况又逢这萧瑟冷落的秋季，这离愁哪能经受得了！谁知我今夜酒醒时身在何处？怕是只有杨柳岸边，面对凄厉的晨风和黎明的残月了。这一去长年相别，相爱的人不在一起，我料想即使遇到好天气、好风景，也如同虚设。即使有满腹的情意，又能和谁一同欣赏呢？

🧍 作者简介

柳永（约987—1053），原名三变，字耆卿，崇安（今福建县名）人。他少年时到汴京应试，由于擅长词曲，常为歌妓填词作曲，有浪子之风，当时有人在仁宗面前推荐他，仁宗批："且去填词。"柳永受此打击后，只好以玩笑态度，自称"奉旨填词柳三变"，称自己为"白衣卿相"，在汴京、苏、杭等都市过着放浪生活。大约在他饱经沧桑，"怪胆狂情"逐渐消退时，才改名柳永，考取进士，官屯田员外郎，世称"柳屯田"，晚年死于润州（江苏镇江县）。

↘ 导读

　　此词为抒写离情别绪的千古名篇，也是柳词和有宋一代婉约词的杰出代表。词中，作者将他离开汴京与恋人惜别时的真情实感表达得缠绵悱恻，凄婉动人。词的上片写临别时的情景，下片主要写别后情景。全词起伏跌宕，声情双绘，是宋元时期流行的"宋金十大曲"之一。起首三句写别时之景，点明了地点和节序。《礼记·月令》云："孟秋之月，寒蝉鸣。"可见时间大约农历七月。然而词人并没有纯客观地铺叙自然景物，而是通过景物的描写，氛围的渲染，融情入景，暗寓别意。秋季，暮色，骤雨寒蝉，词人所见所闻，无处不凄凉。"对长亭晚"一句，中间插刀，极顿挫吞咽之致，更准确地传达了这种凄凉况味。这三句景色的铺写，也为后两句的"无绪"和"催发"，设下伏笔。"都门帐饮"，语本江淹《别赋》："帐饮东都，送客金谷。"他的恋人都门外长亭摆下酒筵给他送别，然而面对美酒佳肴，词人毫无兴致。接下去说"留恋处、兰舟催发"，这七个字完全是写实，然却以精炼之笔刻画了典型环境与典型心理：一边是留恋情浓，一边是兰舟催发，这样的矛盾冲突何其尖锐！这里的"兰舟催发"，却以直笔写离别之紧迫，虽没有他们含蕴缠绵，但却直而能纡，更能促使感情的深化。于是后面便进出"执手相看泪眼，竟无语凝噎"二句。寥寥十一字，语言通俗而感情深挚，形象逼真，如目前。真是力敌千钧！词人凝噎喉的就"念去去"二句的内心独白。这里的去声"念"字用得特别好，读去声，作为领格，上承"凝噎"而自然一转，下启"千里"以下而一气流贯。"念"字后"去去"二字连用，则愈益显示出激越的声情，读时一字一顿，遂觉去路茫茫，道里修远。"千里"以下，声调和谐，景色如绘。既曰"烟波"，又曰"暮霭"，更曰"沉沉"，着色一层浓似一层；既曰"千里"，又曰"阔"，一程远似一程。道尽了恋人分手时难舍的别情。

　　上片正面话别，下片则宕开一笔，先作泛论，从个别说到一般。"多情自古伤离别"意谓伤离惜别，并不自我始，自古皆然。接以"更那堪冷落清秋节"一句，则极言时当冷落凄凉的秋季，离情更甚于常时。"清秋节"一辞，映射起首三句，前后照应，针线极为绵密；而冠以"更那堪"三个虚字，则加强了感情色彩，比起首三句的以景寓情更为明显、深刻。

　　"今宵"三句蝉联上句而来，是全篇之警策。成为柳永光耀词史的名句。这三句本是想象今宵旅途中的况味，遥想不久之后一舟临岸，词人酒醒梦回，却只见习习晓风吹拂萧萧疏柳，一弯残月高挂杨柳梢头。整个画面充满了凄清的气氛，客情之冷落,风景之清幽,离愁之绵邈,完全凝聚在这画面之中。这句景语似工笔小帧,无比清丽。清人刘熙载《艺概》中说:"词有点,有染。柳耆卿《雨霖铃》云:'多情自古伤离别,更那堪冷落清秋节。今宵酒醒何处?杨柳岸、晓风残月。'上二句点出离别冷落,'今宵'二句乃就上二句意染之。点染之间,不得有他语相隔,隔则警句亦成死灰矣。"也就是说,这四句密不可分,相互烘托,相互陪衬,中间若插入另外一句,就破坏了意境的完整性,形象的统一性,而后面这两个警句,也将失去光彩"此去经年"四句,改用情语。他们相聚之日,每逢良辰好景,总感到欢娱,可是别后非止一日,年复一年,纵有良辰好景,也引不起欣赏的兴致,只能徒增怅触而已。"此去"二字,遥应上片"念去去":"经年"二字,近应"今宵",时间与思绪上均是环环相扣,步步推进。"便纵有千种风情,更与何人说",以问句归纳全词,犹如奔马收缰,有住而不住之势:又如众流归海,有尽而未尽之致。

此词之所以脍炙人口,是因为它艺术上颇具特色,成就甚高。早在宋代,就有记载说,以此词的缠绵悱恻、深沉婉约,"只合十七八女郎,执红牙板,歌'杨柳岸、晓风残月'"。这种格调的形成,有赖于意境的营造。词人善于把传统的情景交融的手法运用到慢词中,把离情别绪的感受,通过具有画面性的境界表现出来,意与境会,构成一种诗意美的境界,给读者以强烈的艺术感染。全词虽为直写,但叙事清楚,写景工致,以具体鲜明而又能触动离愁的自然风景画面来渲染主题,状难状之景,达难达之情,而出之以自然。末尾二句画龙点睛,为全词生色,为脍炙人口的千古名句。

38

蝶恋花

◇ 柳永（宋）

　　伫倚危楼[1]风细细，望极[2]春愁，黯黯[3]生天际[4]。草色烟光[5]残照里，无言谁会[6]凭阑[7]意。

　　拟把[8]疏狂[9]图一醉，对酒当歌，强乐[10]还无味。衣带渐宽[11]终不悔，为伊消得[12]人憔悴。

注释

[1]伫倚危楼：长时间依靠在高楼的栏杆上。伫：久立。危楼：高楼。

[2]望极：极目远望。

[3]黯黯：迷蒙不明，形容心情沮丧忧愁。

[4]生天际：从遥远无边的天际升起。

[5]烟光：飘忽缭绕的云霭雾气。

[6]会：理解。

[7]阑：同"栏"。

[8]拟把：打算。

[9]疏狂：狂放不羁。

[10]强（qiǎng）乐：勉强欢笑。强：勉强。

[11]衣带渐宽：指人逐渐消瘦。

[12]消得：值得，能忍受得了。

译文

我长时间倚靠在高楼的栏杆上，微风拂面一丝丝一细细，望不尽的春日离愁，沮丧忧愁从遥远无边的天际升起。碧绿的草色，飘忽缭绕的云霭雾气掩映在落日余晖里，默默无言谁理解我靠在栏杆上的心情。

打算把放荡不羁的心情给灌醉，举杯高歌，勉强欢笑反而觉得毫无意味。我日渐消瘦下去却始终不感到懊悔，宁愿为她消瘦得精神萎靡神色憔悴。

导读

这首词采用"曲径通幽"的表现方式，抒情写景，感情真挚。巧妙地把漂泊异乡的落魄感受，同怀恋意中人的缠绵情思融为一体。

"伫倚危楼风细细"。说登楼引起了"春愁"。全词只此一句叙事，便把主人公的外形象像一幅剪纸那样突现出来了。"风细细"，带写一笔景物，为这幅剪影添加了一点背景，使画面立刻活跃起来了。

"望极春愁，黯黯生天际"，极目天涯，一种黯然魂销的"春愁"油然而生。"春愁"，又点明了时令。对这"愁"的具体内容，词人只说"生天际"，可见是天际的什么景物触动了他的愁怀。从下一句"草色烟光"来看,是春草。芳草萋萋,刈尽还生,很容易使人联想到愁恨的连绵无尽。柳永借用春草,表示自己已经倦游思归,也表示自己怀念亲爱的人。那天际的春草,所牵动的词人的"春愁"究竟是哪一种呢?词人却到此为止,不再多说了。

"草色烟光残照里,无言谁会凭阑意"写主人公的孤单凄凉之感。前一句用景物描写点明时间,可以知道,他久久地站立楼头眺望,时已黄昏还不忍离去。"草色烟光"写春天景色极为生动逼真。春草,铺地如茵,登高下望,夕阳的余辉下,闪烁着一层迷蒙的如烟似雾的光色。一种极为妻美的景色,再加上"残照"二字,便又多了一层感伤的色彩,为下一句抒情定下基调。"无言谁会凭阑意",因为没有人理解他登高远望的心情,所以他默默无言。有"春愁"又无可诉说,这虽然不是"春愁"本身的内容,却加重了"春愁"的愁苦滋味。作者并没有说出他的"春愁"是什么,却又掉转笔墨,埋怨起别人不理解他的心情来了。作者把笔宕开,写他如何苦中求乐。

"愁",自然是痛苦的,那还是把它忘却,自寻开心吧!"拟把疏狂图一醉",写他的打算。他已经深深体会到了"春愁"的深沉,单靠自身的力量是难以排遣的,所以他要借酒浇愁。词人说得很清楚,目的是"图一醉"。为了追求这"一醉",他"疏狂",不拘形迹,只要醉了就行。不仅要痛饮,还要"对酒当歌",借放声高歌来抒发他的愁怀。但结果却是"强乐还无味",他并没有抑制住"春愁"。故作欢乐而"无味",更说明"春愁"的缠绵执着。

至此,作者才透露这种"春愁"是一种坚贞不渝的感情。他的满怀愁绪之所以挥之下去,正是因为他不仅不想摆脱这"春愁"的纠缠,甚至心甘情愿为"春愁"所折磨,即使渐渐形容憔悴、瘦骨伶仃,也决不后悔。"为伊消得人憔悴"才一语破的:词人的所谓"春愁",不外是"相思"二字。

这首词里"春愁"即"相思",却又迟迟不肯说破,只是从字里行间向读者透露出一些消息,眼看要写到了,却又煞住,掉转笔墨,如此影影绰绰,扑朔迷离,千回百折,直到最后一句,才使真相大白。词在相思感情达到高潮的时候,戛然而止,激情回荡,感染力更强了。

39
水调歌头 [1]

◇ 苏轼（宋）

丙辰 [2] 中秋，欢饮达旦 [3]，大醉，作此篇。兼怀子由 [4]。

明月几时有？把酒问青天。不知天上宫阙，今夕是何年。我欲乘风归去，又恐 [5] 琼楼玉宇 [6]，高处不胜 [7] 寒。起舞弄清影，何似在人间！

转朱阁，低绮户 [8]，照无眠 [9]。不应有恨，何事长向别时圆？人有悲欢离合，月有阴晴圆缺，此事古难全。但愿人长久，千里共婵娟。

注释

[1]水调歌头:词牌名。相传隋炀帝开诈河时曾制《水调歌》,唐人演为大曲。《歌头》是大曲开始的第一章。又名《元会曲入》《凯歌》《台城游》等。上下阕,九十五字,平韵,宋人亦有其中兼押仄韵的,也有句句押韵的。

[2]丙辰:宋神宗赵顼(xū)熙宁九年(1076)。

[3]达旦:一直到天亮。

[4]子由:苏轼弟苏辙,字子由。

[5]又恐:一作"惟恐""只恐"。

[6]琼楼玉宇:指月中宫殿。《大业拾遗记》:"瞿乾祐于江岸玩月。或谓此中何有。瞿笑曰:'可随我观之。'俄见月规半天,琼楼玉宇烂然。"

[7]不胜(shèng):禁受不了。

[8]绮户:雕花的门窗。

[9]无眠:指不能入睡的人。

译文

丙辰年(公元1076年)的中秋节,通宵痛饮直至天明,大醉,乘兴写下这篇文章,同时抒发对弟弟子由的怀念之情。

像中秋佳节如此明月几时能有?我拿着酒杯遥问苍天。不知道高遥在上的宫阙,现在又是什么日子。我想凭借着风力回到天上去看一看,又担心美玉砌成的楼宇太高了,我经受不住寒冷。起身舞蹈玩赏着月光下自己清朗的影子,月宫哪里比得上人间烟火暖人心肠。

月儿移动,转过了朱红色的楼阁,低低地挂在雕花的窗户上,照着没有睡意的人。明月不应该对人们有什么怨恨吧,可又为什么总是在人们离别之时才圆呢?人生本就有悲欢离合,月儿常有圆缺,(想要人团圆时月亮正好也圆满)这样的好事自古就难以两全。只希望这世上所有人的亲人都能平安健康长寿,即使相隔千里也能共赏明月。

作者简介

苏轼(1037—1101)字子瞻,号东坡居士,眉州眉山(今四川眉山)人,谥号"文忠",北宋文学家、书画家。

苏轼是北宋中期文坛领袖,在诗、词、散文、书、画等方面取得很高成就。诗题材广阔,清新豪健,善用夸张比喻,独具风格,与黄庭坚并称"苏黄";词开豪放一派,与辛弃疾同是豪放派代表,并称"苏辛";散文著述宏富,豪放自如,与欧阳修并称"欧苏",为"唐宋八大家"之一;苏轼善书,"宋四家"之一。有《东坡全集》《东坡乐府》传世。

↘ 导读

这首脍炙人口的中秋词,作于宋神宗熙宁九年(1076),即丙辰年的中秋节,为作者醉后抒情,怀念弟弟苏辙之作。全词运,用形象的描绘和浪漫主义的想象,紧紧围绕中秋之月展开描写、抒情和议论,从天上与人间、月与人、空间与时间这些相联系的范畴进行思考,把自己对兄弟的感情,升华到探索人生乐观与不幸的哲理高度,表达了作者乐观旷达的人生态度和对生活的美好祝愿、无限热爱。

上片表现词人由超尘出世到热爱人生的思想活动,侧重写天上。开篇"明月几时有"一句,借用李白"青天有月来几时?我今停杯一问之"诗意,通过向青天发问,把读者的思绪引向广漠太空的神仙世界。"不知天上宫阙,今夕是何年"以下数句,笔势天矫迴折,跌宕多彩。它说明作者"出世"与"入世",亦即"退"与"进"、"仕"与"隐"之间抉择上深自徘徊的困惑心态。以上写诗人把酒问月,是对明月产生的疑问、进行的探索,气势不凡,突兀挺拔。"我欲乘风归去,又恐琼楼玉宇,高处不胜寒"几句,写词人对月宫仙境产生的向往和疑虑,寄寓着作者出世、入世的双重矛盾心理。"起舞弄清影,何似在人间",写词人的入世思想战胜了出世思想,表现了词人执着人生、热爱人间的感情。

下片融写实为写意,化景物为情思,表现词人对人世间悲欢离合的解释,侧重写人间。"转朱阁,低绮户,照无眠"三句,实写月光照人间的景象,由月引出人,暗示出作者的心事浩茫。"不应有恨,何事长向别时圆"两句,承"照无眠"而下,笔致淋漓顿挫,表面上是恼月照人,增"月圆人不圆"的怅恨,骨子里是抱怀人心事,借见月而表达作者对亲人的怀念之情。"人有悲欢离合,月有阴晴圆缺,此事古难全"三句,写词人对人世悲欢离合的解释,表明作者由于受庄子和佛家思想的影响,形成了一种洒脱、旷达的襟怀,齐宠辱,忘得失,超然物外,把作为社会现象的人间悲怨、不平,同月之阴晴圆缺这些自然现象相提并论,视为一体,求得安慰。结尾"但愿人长久,千里共婵娟",转出更高的思想境界,向世间所有离别的亲人(包括自己的兄弟),发出深挚的慰问和祝愿，给全词增加了积极奋发的意蕴。词的下片，笔法大开大合，笔力雄健浑厚，高度概括了人间天上、世事自然中错综复杂的变化，表达了作者对美好、幸福的生活的向往，既富于哲理，又饱含感情。

这首词是苏轼哲理词的代表作。词中充分体现了作者对永恒的宇宙和复杂多变的人类社会两者的综合理解与认识，是作者的世界观通过对月和对人的观察所做的一个以局部足以概括整体的小小总结。作者俯仰古今变迁，感慨宇宙流转，厌薄宦海浮沉，皓月当空、孤高旷远的意境氛围中，渗入浓厚的哲学意味，揭示睿智的人生理念，达到了人与宇宙、自然与社会的高度契合。

40
念奴娇·赤壁怀古[1]

◇ 苏轼（宋）

大江东去，浪淘尽、千古风流人物[2]。故垒[3]西边，人道是，三国周郎赤壁[4]。乱石穿空[5]，惊涛拍岸，卷起千堆雪。江山如画，一时多少豪杰！

遥想公瑾[6]当年，小乔[7]初嫁了，雄姿英发。羽扇纶巾[8]，谈笑间，樯橹[9]灰飞烟灭。故国神游，多情应笑我，早生华发。人生如梦，一尊还酹江月。

注释

[1]念奴娇：词牌名。念奴为唐代天宝中著名歌妓,因其音调高亢,遂取为调名。又名《百字令》《大江东去》《酹江月》《壶中天》《湘月》等。上下阕,一百字,有平韵、仄韵两体。赤壁:三国时吴将周瑜击破曹操大军的地方,在今湖北嘉鱼县东北长江南岸。苏轼所游赤壁在黄冈城外,不是三国当年大战的赤壁。

[2]风流人物:杰出的英雄人物。

[3]故垒:旧时营垒。

[4]周郎赤壁:周瑜为吴将时年仅24岁,吴中呼为周郎。赤壁以周瑜得名,故称周郎赤壁。

[5]乱石穿空:陡峭不平的石壁插入天空。穿空,一作"崩"。

[6]公瑾:周瑜字。

[7]小乔:汉末乔玄有两个女儿,都很美丽,称大乔、小乔。大乔嫁孙策,小乔嫁周瑜。

[8]羽扇纶(guān)巾:古代儒将的装束,用来形容周瑜态度的从容娴雅。纶巾,青丝带的头巾。另一说,羽扇纶巾是指诸葛亮。这样解释便和前面脱节。

[9]樯橹(qiáng/强鲁):指曹军的船舰。又作"强虏"或"狂虏"(指曹操和他的军队)。

译文

长江朝东流去,千百年来,所有才华横溢的英雄豪杰,都被长江滚滚的波浪冲洗掉了。那旧营垒的西边,人们说,那是三国时周郎大破曹兵的赤壁。陡峭不平的石壁插入天空,惊人的巨浪拍打着江岸,卷起千堆雪似的层层浪花。祖国的江山啊,那一时期该有多少英雄豪杰!

遥想当年周公瑾,小乔刚刚嫁了过来,周公瑾姿态雄峻。手里拿着羽毛扇,头上戴着青丝帛的头巾,谈笑之间,曹操的无数战船在浓烟烈火中烧成灰烬。神游于故国(三国)战场,应该笑我太多愁善感了,以致过早地生出白发。人的一生就像做了一场大梦,还是把一杯酒献给江上的明月,和我同饮共醉吧!

导读

这首被誉为"千古绝唱"的名作,是宋词中流传最广、影响最大的作品,也是豪放词最杰出的代表。

　　它写于神宗元丰五年（1082）七月，是苏轼贬居黄州时游黄冈城外的赤壁矶时所作。此词对于一度盛行缠绵悱恻之风的北宋词坛，具有振聋发聩的作用。

　　开篇即景抒情，时越古今，地跨万里，把倾注不尽的大江与名高累世的历史人物联系起来，布置了一个极为广阔而悠久的空间、时间背景。它既使人看到大江的汹涌奔腾，又使人想见风流人物的卓荦气概，并将读者带入历史的沉思之中，唤起人们对人生的思索，气势恢宏，笔大如椽。接着"故垒"两句，点出这里是传说中的古赤壁战场，借怀古以抒感。"人道是"，下笔极有分寸。"周郎赤壁"，既是拍合词题，又是为下阕缅怀公瑾预伏一笔。以下"乱石"三句，集中描写赤壁雄奇壮阔的景物：陡峭的山崖散乱地高插云霄，汹涌的骇浪猛烈搏击着江岸，滔滔的江流卷起千万堆澎湃的雪浪。这种从不同角度而又诉诸不同感觉的浓墨健笔的生动描写，一扫平庸萎靡的气氛，把读者顿时带进一个奔马轰雷、惊心动魄的奇险境界，使人心胸为之开阔，精神为之振奋！煞拍二句，总束上文，带起下片。"江山如画"，这明白精切、脱口而出的赞美，是作者和读者从以上艺术地提供的大自然的雄伟画卷中自然得出的结论。以上写周郎活动的场所赤壁四周的景色，形声兼备，富于动感，以惊心动魄的奇伟景观，隐喻周瑜的非凡气概，并为众多英雄人物的出场渲染气氛，为下文的写人、抒情作好铺垫。

　　上片重写景，下片则由"遥想"领起五句，集中笔力塑造青年将领周瑜的形象。作者在历史事实的基础上，挑选足以表现人物个性的素材，经过艺术集中、提炼和加工，从几个方面把人物刻画得栩栩如生。据史载，建安三年，东吴孙策亲自迎请24岁的周瑜，授予他"建威中郎将"的职衔，并同他一起攻取皖城。周瑜娶小乔，正皖城战役胜利之时，其后十年他才指挥了有名的赤壁之战。此处把十年间的事集中到一起，写赤壁之战前，忽插入"小乔初嫁了"这一生活细节，以美人烘托英雄，更见出周瑜的风姿潇洒、韶华似锦、年轻有为，足以令人艳羡，同时也使人联想到：赢得这次抗曹战争的胜利，乃是使东吴据有江东、发展胜利形势的保证，否则难免出现如杜牧《赤壁》诗中所写的"铜雀春深锁二乔"的严重后果。这可使人意识到这次战争的重要意义。"雄姿英发，羽扇纶巾"，是从肖像仪态上描写周瑜束装儒雅，风度翩翩。纶巾，青丝带头巾，"葛巾毛扇"，是三国以来儒将常有的打扮，着力刻画其仪容装束，正反映出作为指挥官的周瑜临战潇洒从容，说明他对这次战争早已成竹在胸、稳操胜券。"谈笑间，樯橹灰飞烟灭"，抓住了火攻水战的特点，精切地概括了整个战争的胜利场景。词中只用"灰飞烟灭"四字，就将曹军的惨败情景形容殆尽。以下三句，由凭吊周郎而联想到作者自身，表达了词人壮志未酬的郁愤和感慨。"多情应笑我，早生华发"

为倒装句,实为"应笑我多情,早生华发"。此句感慨身世,言生命短促,人生无常,深沉、痛切地发出了年华虚掷的悲叹。"人生如梦",抑郁沉挫地表达了词人对坎坷身世的无限感慨。"一尊还酹江月",借酒抒情,思接古今,感情沉郁,是全词余音袅袅的尾声。"酹",即以酒洒地之意。

这首词感慨古今,雄浑苍凉,大气磅礴,昂扬郁勃,把人们带入江山如画、奇伟雄壮的景色和深邃无比的历史沉思中,唤起读者对人生的无限感慨和思索,融景物、人事感叹、哲理于一体,给人以撼魂荡魄的艺术力量。

41

满庭芳 [1]

◇ 秦观（宋）

山抹微云，天连衰草，画角声断谯门 [2]。暂停征棹 [3]，聊共引离尊 [4]。

多少蓬莱旧事 [5]，空回首，烟霭纷纷。

斜阳外，寒鸦万点，流水绕孤村。

销魂，当此际，香囊暗解 [6]，罗带轻分。谩赢得青楼，薄幸名存 [7]。

此去何时见也，襟袖上，空惹啼痕。

伤情处，高城望断，灯火已黄昏。

📋 注释

[1]满庭芳：词牌名，又名《锁阳台》。上、下阕,共九十五字,平韵。

[2]谯(qiáo)门：城门。城门楼,谓之谯楼。

[3]征棹：运行的船。

[4]尊：古代酒器。

[5]多少蓬莱旧事：回忆从前欢乐的往事。蓬莱,一说指会稽(今浙江绍兴)龙山下的蓬莱阁。一说秦观在此处指汴京的秘阁。东汉人习惯将洛阳的东观(国家图书馆)称为蓬莱,秦观也将秘阁(宋代国家图书馆)称为蓬莱。

[6]香囊暗解：暗地解下香囊作为临别纪念品。

[7]谩赢得青楼,薄幸名存：杜牧《遣怀》诗："十年一觉扬州梦,赢得青楼薄幸名。"谩：空。青楼：妓女、歌舞女住的地方。薄幸：薄情。

🖐 译文

远山抹上一缕淡淡的白云,枯黄的草与低天相连,谯楼上画角声时断时闻。远行的船请暂停下,让我们把离别的苦酒共饮。

多少蓬莱阁的往事,如今空自回首,都化作纷纷飘散的烟云。

远望斜阳外,千万只寒鸦在飞舞,江水静静地绕过孤村。

黯然销魂啊,此时此刻,我暗暗解下香囊相送,你把罗带同心结轻分,就因此我在青楼落了个,薄情郎的名声。

这一去何时才能相见,襟袖上空留下斑斑泪痕。

最伤情的地方是,高高的城墙已在望中消失,灯火闪烁天已到黄昏。

👤 作者简介

秦观(1049—1100),字少游,一字太虚,号淮海居士,别号邗沟居士,高邮军武宁乡左厢里(今江苏省高邮市三垛镇少游村)人。北宋婉约派词人。

↘ 导读

这首《满庭芳》是秦观最杰出的词作之一。起拍开端"山抹微云,天连衰草",雅俗共赏,只此一个对句,便足以流芳词史了。一个"抹"字出语新奇,别有意趣。"抹"

字本意，就是用另一个颜色，掩去了原来的底色之谓。传说，唐德宗贞元时阅考卷，遇有词理不通的，他便"浓笔抹之至尾"。至于古代女流，则时时要"涂脂抹粉"亦即用脂红别色以掩素面本容之义。

如此说来，"山抹微云"，原即山掩微云。若直书"山掩微云"四个大字，那就风流顿减，而意致全无了。词人另有"林梢一抹青如画，知是淮流转处山"的名句。这两个"抹"字，一写林外之山痕，一写山间之云迹，手法俱是诗中之画，画中之诗，可见作者是有意将绘画笔法写入诗词的。少游这个"抹"字上极享盛名，婿宴席前遭了冷眼时，便"遽起，叉手而对曰：'某乃山抹微云女婿也！'以至于其虽是笑谈，却也说明了当时人们对作者炼字之功的赞许。山抹微云，非写其高，概写其远"。它与"天连衰草"，同是极目天涯的意思：一个山被云遮，便勾勒出一片暮霭苍茫的境界；一个衰草连天，便点明了暮冬景色惨淡的气象。全篇情怀，皆由此八个字而透发。

"画角"一句，点明具体时间。古代傍晚，城楼吹角，所以报时，正如姜白石所谓"正黄昏，清角吹寒，都空城"，正写具体时间。"暂停"两句，点出赋别、饯送之本事。词笔至此，便有回首前尘、低回往事的三句，稍稍控提，微微唱叹。妙"烟霭纷纷"四字，虚实双关，前后相顾。"纷纷"之烟霭，直承"微云"，脉络清晰，是实写，而昨日前欢，此时却忆，则也正如烟云暮霭，而又迷茫怅惘，此乃虚写。

接下来只将极目天涯的情怀，放眼前景色之间，又引出了那三句使千古读者叹为绝唱的"斜阳外，寒鸦万点，流水绕孤村"。于是这三句可参看元人马致远的名曲《天净沙》："枯藤老树昏鸦；小桥流水人家；古道西风瘦马，夕阳西下，断肠人天涯。"抓住典型意象，巧用画笔点染，非大手不能为也。少游写此，全神理，谓天色既暮，归禽思宿，却流水孤村，如此便将一身微官獗落，去国离群的游子之恨以"无言"之笔言说得淋漓尽致。词人此际心情十分痛苦，他不去刻画这一痛苦的心情，却将它写成了一种极美的境界，难怪令人称奇叫绝。

下片中"青楼薄幸"亦值得玩味。此是用"杜郎俊赏"的典故：杜牧之，官满十年，弃而自便，一身轻净，亦万分感慨，不屑正笔稍涉宦郴字，只借"闲情"写下了那篇有名的"十年一觉扬州梦，赢得青楼薄幸名"，其词意怨愤谴静。而后人不解，竟以小杜为"冶游子"。少游之感慨，又过乎牧之之感慨。

结尾"高城望断"。"望断"这两个字，总收一笔，轻轻点破题旨，此前笔墨倍添神采。而灯火黄昏，正由山林微云的傍晚到"纷纷烟霭"的渐重渐晚再到满城灯火，一步一步，层次递进，井然不紊，而惜别停杯、流连难舍之意也就尽在其中了。

这首词笔法高超且韵味深长，至情至性而境界超凡，非用心体味，不能得其妙也。

42
千秋岁

◇ 秦观（宋）

　　水边沙外，城郭春寒退。花影乱，莺声碎[1]。飘零[2]疏酒盏[3]，离别宽衣带[4]。人不见，碧云暮合空相对。

　　昔西池[5]会，鹓鹭[6]同飞盖[7]。携手处，今谁？日边[8]清梦[9]断，镜里朱颜[10]改。春去也，飞红[11]万点愁如海。

📋 注释

[1]碎:形容莺声细碎。

[2]飘零:漂泊。

[3]疏酒盏:多时不饮酒。

[4]宽衣带:谓人变瘦。

[5]西池:故址在丹阳(今南京市),这里借指北宋京都开封西郑门西北之金明池。

[6]鸳(yuān)鹭:谓朝官之行列,如鸳鸟和鹭鸟排列整齐有序。《隋书·音乐志》:"怀黄绾白,鸳鹭成行。"鸳鹭即指朝廷百官。

[7]飞盖:状车辆之疾行,出自曹植《公宴诗》:"清夜游西园,飞盖相追随。"这里代指车。

[8]日边:见《世说新语·夙惠》:晋明帝数岁,坐元帝膝上。有人从长安来,元帝问洛下消息,潸然流涕。明帝问何以致泣?具以东渡意告之。因问明帝:"汝意谓长安何如日远?"答曰:"日远,不闻人从日边来,居然可知。"元帝异之。明日集群臣宴会,告以此意:更重问之。乃答曰:"日近。"元帝失色,曰:"尔何故异昨日之言邪?"答曰:"举目见日,不见长安。"后以日边喻京都帝王左右。

[9]清梦:美梦。

[10]朱颜:指青春年华。

[11]飞红:落花。

➥ 译文

浅水边,沙洲外,城郊早春的寒气悄然尽退。枝头繁花,晴光下的倩影,纷乱如坠地颤颤巍巍。流莺在花丛,轻巧的啼啭声,听来太急促,太细碎。啊,只身飘零,消愁的酒盏渐疏,难得有一回酣然沉醉。日复一日的思念,心身已煎熬成枯灰。相知相惜的挚友,迢迢阻隔,眼前,悠悠碧云,沉沉暮色,相对。

想当年,志士俊才共赴西池盛会,一时豪情逸兴,华车宝马驱驰如飞。不料风云突变,如今,看携手同游处,剩几人未折摧?啊,乘舟绕过日月,那梦已断毁,只有镜中古铜色,照出红润的容颜已非。春,去了落花千点万点,飘飞着残败的衰颓,牵起一怀愁绪,如海,潮涌潮推。

↘ 导读

此词为作者处州（今浙江丽水）为监酒税官时所写，词中抚今追昔，触景生情，表达了政治上的挫折与爱情上的失意相互交织而产生的复杂心绪。

据处州府志云，处州城外有大溪，岸边多杨柳。起首二句写眼前之景，将时令、地点轻轻点出。春去春回，引起古代词人几多咏叹。然而少游这里却把春天的踪迹看得明明白白："水边沙外，城郭春寒退。"浅浅春寒，从溪水边、城郭旁，悄悄地退却了。二月春尚带寒，"春寒退"即三月矣，于是词人写道："花影乱，莺声碎。"

这两句词从字面上看，好似出自唐人杜荀鹤《春宫怨》诗"风暖鸟声碎，日高花影重"，然而词人把它浓缩为两个三字句，便觉高度凝练。其中"碎"字与"乱"字，用得尤工。莺声呖呖，以一"碎"字概括，已可盈耳；花影曳，以一"乱"字形容，几堪迷目。感于这两句词的妙处，南宋范成大守处州时建莺花亭以幻之，并题了五首诗。

"飘零"句以下，词情更加伤感。所谓"飘零疏酒盏"者，谓远谪处州，孑然一身，不复有"孺酒为花"之情兴也："离别宽衣带"者，谓离群索居，腰围瘦损，衣带宽松也。明人沈际飞评曰："两句是汉魏诗诗。"（《草堂诗余正集》卷二）少游此词基调本极哀怨，此处忽然注入汉魏人诗风，故能做到柔而不靡。歇拍二句进一步抒发离别后的惆怅情怀。所谓"碧云暮合"，说明词人所待之人，迟迟不来。这一句是从江淹《拟休上人怨别》诗"日暮碧云合，佳人殊未来"化出，表面上似写怨情，而所怨之人又宛似女性，然细按全篇，却又不似。朦胧暧昧，费人揣摩，这正是少游词的微妙之处，将政治上的蹭蹬与爱情上的失意交织起来，于是读来不觉枯燥乏味，而是深感蕴藉含蓄。

过片转而写昔，因为看到处州城外如许春光，词人便情不自禁地勾起对昔日西池宴集的回忆。西池，即金明池，《东京梦华录》卷七谓汴京城西顺天门外街北，自三月一日至四月八日闭池，虽风雨亦有游人，略无虚日。《淮海集》卷九《西城宴集》诗注云："元祐七年三月上巳，诏赐馆阁花酒，以中浣日游金明池、琼林苑，又会于国夫人园。会者二十有六人。"这是一次盛大而又愉快的集会，词人一生中留下了难忘的印象。"鹓鹭同飞盖"一句，把二十六人同游西池的盛况作了高度的概括。鹓鹭者，谓朝官之行列整齐有序，犹如天空中排列飞行的鹓鸟与白鹭。飞盖者，状车辆之疾行，语本曹植《公宴诗》："清夜游西园，飞盖相追随。"阳春三月，馆阁同人乘着车辆，排成长队，驰骋汴京西城门外通向西池的大道上，多么欢乐，然而曾几何时，景物依旧，而从游者则贬官的贬官，远谪的远谪，俱皆风流云散，无一幸免，又是多么痛心！"携手处，今谁"，这是发自词人肺腑的情语，是对元祐党祸痛心疾首的控诉。然而词人表达这种感情时也是极含蓄委婉之能事。这从"日边"一联可以看出。"日边清梦"，语本李白《行路难》其一："闲来垂钓碧溪上，忽复乘舟梦日边。"王琦注云："《宋书》：伊挚将应汤命，梦乘船过日月之旁。"少游将之化而为词，说明自从迁谪以来，他对哲宗皇帝一直抱有幻想。他时时刻刻梦想回到京城，恢复昔日供职史馆的生活。可是日复一日，年复一年，他的梦想如同泡影。于是他失望了，感到回到帝京的梦已不可能实现。着"镜里朱颜改"一句，更联系自身。无情的岁月，使词人脸上失去红润的颜色。政治理想的破灭，个人容颜的衰老，由作者曲曲传出，反复缠绵，宛转凄恻。

开头说"春寒退"，暗示夏之将至；到结拍又说"春去也"，明点春之即归。两者从时间上或许尚有些少距离，而从词人心理上则是无甚差别的。盖四序代谢，功成者退，春至极盛时，敏感的词人便知其将被取代了。词人从眼前想到往昔，又从往昔想到今后，深感前路茫茫，人生叵测，一种巨大的痛苦噬啮他的心灵，因此不禁发出"春去也，飞红万点愁如海"的呼喊。这不仅是说自然界的春天正逝去，同时也暗示生命的春天也将一去不复返了。"飞红"句颇似从杜甫《曲江对酒》诗中"一片花飞减却春，风飘万点正愁人"化来。然以海喻愁，却是作者一个了不起的创造。从全篇来讲，这一结句也极有力。近人夏闰庵（孙桐）云："此词以'愁如海'一语生色，全体皆振，乃所谓警句也。"（俞陛云《宋词选释》引）

这首词以春光流逝、落花飘零的意象，抒写了作者因政治理想破灭而产生的无以自解的愁苦和悲伤，读来哀怨凄婉，有一咏三叹之妙。

43
渔家傲

◇李清照（宋）

天接云涛连晓雾，星河[1]欲转千帆舞。仿佛梦魂归帝所[2]。闻天语，殷勤问我归何处？

我报路长嗟日暮，学诗谩[3]有惊人句。九万里风鹏正举。风休住，蓬舟[4]吹取三山[5]去！

📋 注释

[1]星河：天河。

[2]帝所：天帝住的宫殿。

[3]谩(màn)：空、徒的意思。

[4]蓬舟：如蓬草一般的轻舟。

[5]三山：传说中的仙山。《史记·封禅书》载：蓬莱、方丈、瀛洲。

👉 译文

水天相接，晨雾蒙蒙笼云涛。银河转动，像无数的船只在舞动风帆。梦魂仿佛回天庭，听见天帝在对我说话。他热情而又有诚意地问我要到哪里去。

我回报天帝路途还很漫长，现在已是黄昏却还未到达。即使我学诗能写出惊人的句子，又有什么用呢？长空九万里，大鹏冲天飞正高。风啊！千万别停息，将我这一叶轻舟，直送往蓬莱三仙岛。

🧍 作者简介

李清照，宋代女词人（1084—1155），号易安居士，宋齐州章丘（今山东济南章丘西北）人，居济南。宋代女词人，婉约派代表，有"千古第一才女"之称。

↓ 导读

这首词气势磅礴、豪迈，是婉约派词宗李清照的另类作品，具有明显的豪放派风格。近代梁启超评为："此绝似苏辛派，不类《漱玉集》中语。"可谓一语中的。南渡以前，李清照足不出户，多写闺中女儿情；南渡以后，"飘流遂与流人伍"，视野开始开阔起来。据《金石录后序》记载建炎四年（1130）春间，她曾在海上航行，历尽风涛之险。词中写到大海、乘船，人物有天帝及词人自己，都与这段真实的生活所得到的感受有关。词一开头，便展现一幅辽阔、壮美的海天一色图卷。这样的境界开阔大气，为唐五代以及两宋词所少见。写天、云、雾、星河、千帆，景象已极壮丽，其中又准确地嵌入了几个动词，则绘景如画，动态俨然。"接""连"二字把四垂的天幕、汹涌的波涛、弥漫的云雾，自然地组合在一起，形成一种浑茫无际的境界。而"转""舞"二字，则将词人风浪颠簸中的感受，逼真地传递给读者。所谓"星河欲转"，是写词人从颠簸的船舱中仰望天空，天上的银河似乎转动一般。"千帆舞"，则写海上刮起了大风，无数的舟船风浪中飞舞前进。船摇帆舞，星河欲转，既富于生活的真实感，也具有梦境的虚幻性，虚虚实实，为全篇的奇情壮采奠定了基调。因为这首词写的是"梦境"，所以接下来有"仿佛"三句。"仿佛"以下这三句，写词人梦中见到天帝。"梦魂"二字，是全词的关键。词人经过海上航行，一缕梦魂仿佛升入天国，见慈祥的天帝。幻想的境界中，词人塑造了一个态度温和、关心民生的天帝。"殷勤问我归何处"，虽然只是一句异常简洁的问话，却饱含着深厚的感情，寄寓着美好的理想。此词则上下两片之间，一气呵成，联系紧密。上片末二句是写天帝的问话，过片二句是写词人的对答。问答之间，语气衔接，毫不停顿。可称之为"跨片格"，"我报路长嗟日暮"句中的"报"字与上片的"问"字，便是跨越两片的桥梁。"路长日暮"，反映了词人晚年孤独无依的痛苦经历，然亦有所本。词人结合自己身世，把屈原《离骚》中所表达的不惮长途运征，只求日长不暮，以便寻觅天帝，不辞上下求索的情怀隐括入律，只用"路长""日暮"四字，便概括了"上下求索"的意念与过程，语言简净自然，浑化无迹。其意与"学诗谩有惊人句"相连，是词人在天帝面前倾诉自己空有才华而遭逢不幸，奋力挣扎的苦闷。这一"谩"字，流露出对现实的强烈不满。词人现实中知音难遇，欲诉无门，唯有通过这种幻想的形式，才能尽情地抒发胸中的愤懑，怀才不遇是中国传统文人的命运。李清照虽为女流，但作为一位生不逢时的杰出的文学家她肯定也有类似的感慨。"九万里风鹏正举"，从对话中宕开，然仍不离主线。因为词中的贯串动作是渡海乘船，四周景象是海天相接，由此而联想到《庄子·逍遥游》的"鹏之徙于南冥也，水击三千里，抟扶摇而上者九万里"。说"鹏正举"，是进一步对大风的烘托，由实到虚，形象愈益壮伟，境界愈益恢宏。大鹏正高举的时刻，词人忽又大喝一声："风休住，蓬舟吹取三山去！"气势磅礴，一往无前，具大手笔也！"蓬舟"，谓轻如蓬草的小舟，极言所乘之舟的轻快。"三山"，指渤海中蓬莱、方丈、瀛洲三座仙山，相传为仙人所居，可望而见，但乘船前去，临近时即被风引开，终于无人能到。词人翻旧典出新意敢借鹏抟九天的风力，吹到三山，胆气之豪，境界之高，词中罕见。上片写天帝询问词人归于何处，此处交代海中仙山为词人的归宿。前后呼应，结构缜密。这首词把真实的生活感受融入梦境，巧妙地用典梦幻与生活、历史与现实，自然会气度恢宏、格调雄奇。充分显示作者性情中豪放不羁的一面。

44
如梦令

◇ 李清照（宋）

　　昨夜雨疏风骤[1]。浓睡不消残酒[2]。试问卷帘人[3]，却道"海棠依旧"。知否，知否？应是绿肥红瘦[4]!

注释

[1]雨疏风骤：雨点稀疏，晚风急猛。

[2]浓睡不消残酒：虽然睡了一夜，仍有余醉未消。浓睡，酣睡。

[3]卷帘人：侍女。

[4]绿肥红瘦：指绿叶繁茂，红花凋零。

译文

昨夜雨点稀疏，晚风急猛，我虽然睡了一夜，仍有余醉未消。试问卷帘的侍女：海棠花怎么样？她说海棠花依然如旧。知道吗？知道吗？应是绿叶繁茂，红花凋零。

导读

这首小令，有人物，有场景，还有对白，充分显示了宋词的语言表现力和词人的才华。"昨夜雨疏风骤"指的是昨宵雨狂风猛。疏，正写疏放疏狂，而非通常的稀疏义。当此芳春，名花正好，偏那风雨就来逼迫了：心绪如潮，不得入睡，只有借酒消愁。酒吃得多了，觉也睡得浓了。结果一觉醒来，天已大亮。但昨夜之心情，却挥之不去，所以一起身便要询问意中悬悬之事。于是，她急问收拾房屋、启户卷帘的侍女：海棠花怎么样了？侍女看了一看，笑回道："还不错，一夜风雨，海棠一点儿没变！"女主人听了，嗔叹道："傻丫头，你可知道那海棠花丛已是红的见少绿的见多了吗？"这句对白写出了诗画所不能道，写出了伤春易春的闺中人复杂的神情，可谓"传神之笔"。作者以"浓睡""残酒"搭桥，写出了白夜至晨的时间变化和心理演变。然后一个"卷帘"，点破日曙天明，巧妙得当。然而，问卷帘之人，却一字不提所问何事，只于答话中透露出谜底。真是绝妙工巧，不着痕迹。词人为花而喜、为花而悲、为花而醉、为花而嗔，实则是伤春惜春，以花自喻，慨叹自己的青春易逝。

45
卜算子·咏梅[1]

◇ 陆游（宋）

驿[2]外断桥边,寂寞开无主[3]。已是黄昏独自愁,更着[4]风和雨。

无意苦争春,一任群芳妒。零落成泥碾[5]作尘,只有香如故。

↓ 注释

[1]卜算子：词牌名。因唐代骆宾王写诗好用数名，人称"卜算子"，遂以为名。又据万树《词律》，以为取义于"卖卜算命少人"。又名《百尺楼》《眉峰碧》。双调，四十四字，仄韵。

[2]驿：古代官办的交通站。

[3]无主：没有人去过问。

[4]着：同"著"，加上。

[5]碾：压碎。

⇨ 译文

驿站之外的断桥边，梅花孤单寂寞地绽开了花，无人过问。暮色降临，梅花无依无靠，已经够愁苦了，却又遭到了风雨的摧残。

梅花并不想费尽心思去争艳斗宠，对百花的妒忌与排斥毫不在乎。即使凋零了，被碾作泥土，又化作尘土了，梅花依然和往常一样散发出缕缕清香。

♦ 作者简介

陆游（1125—1210），字务观，号放翁，汉族，越州山阴（今浙江绍兴）人，尚书右丞陆佃之孙，南宋文学家、史学家、爱国诗人。陆游生逢北宋灭亡之际，少年时即深受家庭爱国思想的熏陶。宋高宗时，参加礼部考试，因受宰臣秦桧排斥而仕途不畅。孝宗时赐进士出身。中年入蜀，投身军旅生活。嘉泰二年（1202），宋宁宗诏陆游入京，主持编修孝宗、光宗《两朝实录》和《三朝史》，官至宝章阁待制。晚年退居家乡。创作诗歌今存九千多首，内容极为丰富。著有《剑南诗稿》《渭南文集》《南唐书》《老学庵笔记》等。

📖 导读

此词以梅花自况，咏梅的凄苦以泄胸中抑郁，感叹人生的失意坎坷；赞梅的精神又表达了青春无悔的信念以及对自己爱国情操及高洁人格的自许。

词的上半阕着力渲染梅的落寞凄清、饱受风雨之苦的情形。陆游曾经称赞梅花"雪虐风饕愈凛然，花中气节最高坚"。（《落梅》）梅花如此清幽绝俗，出于众花之上，可是"如今"竟开在郊野的驿站外面，紧临着破败不堪的"断桥"，自然是人迹罕至、寂寥荒寒、备受冷落、令人怜惜了。无人照看与护理，其生死荣枯全凭自己。"断桥"已失去沟通两岸的功能，唯有断烂木石，更是人迹罕至之处。由于这些原因，它只能"寂寞开无主"了，"无主"既指无人照管，又指梅花无人赏识，不得与人亲近交流而只能孤芳自赏，独自走完自己的生命历程而已。"已是黄昏独自愁"是拟人手法，写梅花的精神状态，身处荒僻之境的野梅，虽无人栽培，无人关心，但它凭借自己顽强的生命力也终于长成开花了。宝剑锋从磨砺出，梅花香自苦寒来！野梅不平凡的遭遇使它具有不同凡响的气质。范成大《梅谱序》说："野生不经栽接者，……谓之野梅，……香最清。"可是，由于地势使然，野梅虽历经磨难而独具清芬，却无人能会，无人领略其神韵。这犹如"幽居见"。那么，野梅为何又偏在黄昏时分独自愁呢？因为白天，它尚残存着一线被人发现的幻想，而一到黄昏，这些微的幻想也彻底破灭了；这也如前人闺怨诗所说：最难消遣是黄昏！不仅如此，黄昏又是阴阳交替，天气转冷而易生风雨的时辰，所以；除了心灵的痛苦之外，还要有肢体上的折磨，"更著风和雨"。这内外交困、身心俱损的情形将梅花的不幸推到了极处，野梅的遭遇也是作者以往人生的写照，倾注了诗人的心血！"寂寞开无主"一句，作者将自己的感情倾注在客观景物之中，首句是景语，这句已是情语了。

上阕集中写了梅花的困难处境，它也的确还有"愁"。从艺术手法说，写愁时作者没有用诗人、词人们那套惯用的比喻手法，把愁写得像这像那，而是用环境、时光和自然现象来烘托。况周颐说："词有淡远取神，只描取景物，而神致自在言外，此为高手。"（《蕙风词话》）就是说，词人描写这这多"景物"，是为了获得梅花的"神致"；"深于言情者，正在善于写景"。（田同之《西圃词说》）上阕四句可说是"情景双绘"。让读者从一系列景物中感受到作者在特定环境下的心绪——愁，也让读者逐渐踏入作者的心境。

下半阕写梅花的灵魂及生死观。梅花生在世上，无意于炫耀自己的花容月貌，也不肯媚俗与招蜂引蝶，所以在时间上躲得远远的，既不与争奇斗妍的百花争夺春色，也不与菊花分享秋光，而是孤独地在冰天雪地里开放。但是这样仍摆脱不了百花的嫉妒，可能会被认为"自命清高""别有用心"甚至是"出洋相"。正像梅花"无意苦争春"一样，对他物的侮辱、误解也一概不予理睬，而是"一任群芳妒"，听之任之：走自己的路，让别人去说吧！同时，不论外界舆论如何，我以不变应万变，只求灵魂的升华与纯洁，即使花落了，化成泥土了，轧成尘埃了，我的品格就像我的香气一样永驻人间。这精神不正是诗人回首往事不知悔、奋勇向前不动摇的人格宣言吗！"群芳"在这里代指"主和派"小人。这两句表现出陆游标格孤高，决不与争宠邀媚、阿谀逢迎之徒为伍的品格和不畏谗毁、坚贞自守的峻嶒傲骨。最后几句，把梅花的"独标高格"，再推进一层："零落成泥碾作尘，只有香如故。"前句承上阕的寂寞无主、黄梅花昏日落、风雨交侵等凄惨境遇。这句七个字四次顿挫："零落"，不堪雨骤风狂的摧残，梅花纷纷凋落了，这是一层。落花委地，与泥水混杂，不辨何者是花，何者是泥了，这是第二层。从"碾"字，显示出摧残者的无情，被摧残者承受的压力之大，这是第三层。结果，梅花被摧残、被践踏而化作灰尘了。这是第四层。看，梅花的命运有多么悲惨，简直令人不忍卒读。但作者的目的绝不是单为写梅花的悲惨遭遇，引起人们的同情；从写作手法说，仍是铺垫，是蓄势，是为了把下句的词意推上最高峰。虽说梅花凋落了，被践踏成泥土了，被碾成尘灰了，请看，"只有香如故"，它那"别有韵"的香味，却永远如故，一丝一毫也改变不了。

末句具有扛鼎之力，它振起全篇，把前面梅花的不幸处境，风雨侵凌，凋残零落，成泥作尘的凄凉、衰飒、悲戚，一股脑儿抛到九霄云外去了。"零落成泥碾作尘，只有香如故"。作者从民族国家的利益出发，做出生命的表白。悲忧中透出一种坚贞的自信。词人借梅言志，曲折地写出险恶仕途中坚持高洁志行。不媚俗，不屈邪，清真绝俗，忠贞不渝的情怀与抱负。这首咏梅词，通篇未见"梅"字，却处处传出"梅"的神韵，且作者以梅自喻，寄托情思，物我融一。对梅的赞咏中，显示出词人身处逆境而矢志不渝的崇高品格。

纵观全词，诗人以物喻人，托物言志，巧借饱受摧残、花粉犹香的梅花，比喻自己虽终生坎坷，绝不媚俗的忠贞，这也正像他在一首咏梅诗中所写的"过时自合飘零去，耻向东君更乞怜"。陆游以他饱满的爱国热情，谱写了一曲曲爱国主义诗篇，激励着一代又一代人，真可谓"双鬓多年作雪，寸心至死如丹"。

46

永遇乐·京口北固亭怀古[1]

◇ 辛弃疾（宋）

千古江山，英雄无觅[2]，孙仲谋[3]处。舞榭歌台[4]，风流[5]总被，雨打风吹去。斜阳草树，寻常巷陌[6]，人道寄奴[7]曾住。想当年，金戈铁马，气吞万里如虎。

元嘉[8]草草[9]，封狼居胥[10]，赢得仓皇北顾[11]。四十三年[12]，望中犹记，烽火扬州路[13]。可堪[14]回首[15]，佛狸[16]祠下，一片神鸦社鼓[17]。凭谁问：廉颇老矣，尚能饭否？

注释

[1]京口:今江苏镇江市。下临长江,形势险要。北固亭:京口城北北固山上,又名北顾亭。

[2]觅:寻找。

[3]孙仲谋:孙权,字仲谋,三国时吴国君主。

[4]舞榭歌台:歌舞用的楼台。榭,台上的房子。

[5]风流:流风余韵。

[6]寻常巷陌:普通街巷。

[7]寄奴:南朝宋武帝刘裕的小字。他的先祖随晋渡江,住在京口。他在这里起兵,平定了桓玄的叛乱,推翻了东晋,做了皇帝。

[8]元嘉:宋文帝刘义隆年号。

[9]草草:草率、马虎。

[10]封狼居胥:表示要北伐立功。封,指古时在山上祭天。狼居胥,一名狼山,在今内蒙古自治区西北部。《史记·霍去病传》载,汉霍去病追击匈奴至狼居胥,登山祭天而还。

[11]仓皇北顾:北望追来的敌军,惊慌失措。宋文帝诗中有"北顾弟交流"语(见《宋书·索虏传》)。

[12]四十三年:作者起义山东,南归时是四十三年前。

[13]扬州路:路,宋朝行政区域名,扬州属淮南东路。

[14]可堪:怎能忍受。

[15]回首:回想。

[16]佛狸:后魏太武帝拓跋焘的小名。

[17]社鼓:社日祭神的鼓乐声。

译文

　　历经千古的江山,再也难找到像孙权那样的英雄。当年的舞榭歌台还在,英雄人物却随着岁月的流逝早已不复存在。斜阳照着长满草树的普通小巷,人们说那是当年刘裕曾经住过的地方。遥想当年,他指挥着强劲精良的兵马,气吞骄虏一如猛虎!

　　元嘉帝兴兵北伐,想建立不朽战功封狼居胥,却落得仓皇逃命,北望追兵泪下无数。四十三年过去了,如今瞭望长江北岸,还记得扬州战火连天的情景。真是不堪回首，拓跋焘祠堂香火盛，乌鸦啄祭品，祭祀擂大鼓。还有谁会问，廉颇老了，自己还能吃饭吗？

♠ 作者简介

辛弃疾（1140—1207），原字坦夫，后改字幼安，中年后别号稼轩，山东东路济南府历城县（今山东省济南市历城区）人。南宋官员、将领、文学家，豪放派词人，有"词中之龙"之称。与苏轼合称"苏辛"，与李清照并称"济南二安"。辛弃疾出生时，中原已为金兵所占。21岁参加抗金义军，不久归南宋。历任湖北、江西、湖南、福建、浙东安抚使等职。一生力主抗金。曾上《美芹十论》与《九议》，条陈战守之策。其词抒写力图恢复国家统一的爱国热情，倾诉壮志难酬的悲愤，对当时执政者的屈辱求和颇多谴责；也有不少吟咏祖国河山的作品。题材广阔又善化用前人典故入词，风格沉雄豪迈又不乏细腻柔媚之处。由于辛弃疾的抗金主张与当政的主和派政见不合，后被弹劾落职，退隐江西带湖。

📖 导读

辛弃疾之词，风格豪放，气势雄浑，境界开阔，已成为不刊之论，是学者所共识的，但论及最能代表其风格的作品时，众人皆推举《永遇乐·京口北固亭怀古》，这殊不妥。这首词，虽有豪放之因素，但细究可发现，此词风格非"豪放"一词所能全面概括。

"千古江山，英雄无觅，孙仲谋处。舞榭歌台，风流总被，雨打风吹去。"作者以"千古江山"起笔，喷薄而出，力沉势雄，显示出作者非凡的英雄气魄和无比宽广的胸襟，也说明了作者写诗为文的起因不是囿于一己私利，而是不忍见大好江山沦落异族之手。这就为本词定下了较高的格调。仲谋，即指三国时代吴国国主孙权，他继承父兄基业，西拒黄祖，北抗曹操，战功赫赫，先建都京口，后迁都建康，称霸江东，为世人公认的一代英雄豪杰。辛弃疾对孙权很是佩服。在其另一首词作《南乡子》中，他就以万分钦佩的口吻赞扬孙权："年少万兜鍪，坐断东南战未休。天下英雄谁敌手？曹刘，生子当如孙仲谋。"但正如明代杨慎所言："滚滚长江东逝水，浪花淘尽英雄。是非成败转头空，青山依旧在，几度夕阳红。"江河不改，青山依旧，但历史却是风云变幻、物是人非了。

"斜阳草树，寻常巷陌，人道寄奴曾住。想当年，金戈铁马，气吞万里如虎。"寄奴即南朝宋武帝刘裕，刘裕先祖随晋室南渡，世居京口，上半阕中，作者由京口这一历史名城联想到与京口有关的历史英雄孙权与刘裕，以此顺势写来，自然流畅，含蓄蕴藉，共蕴含了三层意思：一是表达了时光流逝、岁月不居给作者带来的无限怅惘的感受：时间一如滔滔长逝的流水，不禁抹去了历史英雄的丰功伟绩，也卷走了风流人物的风采神韵，当年的英雄所留下的也只有荒芜的"寻常草树"而已。二是由于世无英雄，奸臣当道，皇帝昏庸，致使曾经英雄辈出的锦绣江山痛落敌手，中原人民沦为异国之奴，而又看不到收复故国的希望。此情此景，无不激起作者心中翻江倒海般的丧权辱国之痛。三是把自己的怀才不遇、壮志难酬的困顿与历史英雄人物功成名就、名留青史作对比，表达了对英雄们的追慕与缅怀，羡慕他们都能够大展才华、建功立业，而自己却屡被贬谪，遭遇坎坷，抒发了自己怀才而不能施展、有壮志难以实现的无奈心境。悲凉之感、怅惘之情，溢于言表，为全篇奠定了沉郁苍凉的情感基调。这三层意思，层层递进，步步深入，感情饱满而真挚，情绪热烈而低沉，完美地勾画了一个忧国忧民、急于收复故地却又屡遭排挤的爱国志士的形象。而如今，英雄了得的刘裕的居所，也沦落为毫不起眼的"斜阳草树"与"寻常巷陌"，再也不复当年的辉煌与气势了。

"元嘉草草，封狼居胥，赢得仓皇北顾。""元嘉"为宋文帝刘义隆的年号。元嘉二十七年，宋文帝命王玄谟北伐拓跋氏，由于准备不足，又贪功冒进，大败而归，被北魏太武帝拓跋焘乘胜追至长江边，扬言欲渡长江。宋文帝登楼北望，深悔不已。此三句在于借古喻今，警告主战权臣韩侂胄不要草率出兵，但韩并未听从辛弃疾的建议，仓促出战，直接导致了开禧二年的北伐败绩和开禧三年的宋金议和。

"四十三年，望中犹记，烽火扬州路。"在此，作者将笔锋从沉寂远去的历史拉向切近的自身，开始追忆往事，回顾自己一生。辛弃疾于绍兴三十二年（1162）奉表南渡，至开禧元年至京口上任，正是四十三年。这四十三年中，金国与宋朝战事不断，连年不绝。而作者虽一直极力主战，并为收复故国不畏艰难，戎马一生，但眼看英雄老去，机会不来，于是心中自有一腔无从说起的悲愤。

下三句中的"回首"应接上句，由回忆往昔转入写眼前实景。这里值得探讨的是，佛狸是北魏的皇帝，距南宋已有七八百年之久，北方的百姓把他当作神来供奉，辛弃疾看到这个情景，不忍回首当年的"烽火扬州路"。辛弃疾是用"佛狸"代指金主完颜亮。四十三年前，完颜亮发兵南侵，曾以扬州作为渡江基地，而且也曾驻扎在佛狸祠所在的瓜步山上，严督金兵抢渡长江。以古喻今，佛狸很自然地就成了完颜亮的影子。如今"佛狸祠下,一片神鸦社鼓"与"四十三年,烽火扬州路"形成鲜明的对比,当年沦陷区的人民与异族统治者进行不屈不挠的斗争,烽烟四起,但如今的中原早已风平浪静,沦陷区的人民已经安于异族的统治,竟至于对异族君主顶礼膜拜,这是痛心的事。不忍回首往事,实际就是不忍目睹眼前的事实。以此正告南宋统治者,收复失土,刻不容缓,如果继续拖延,民心日去,中原就收不回了。

最后作者以廉颇自比,这个典用得很贴切,内蕴非常丰富,一是表白决心。和廉颇当年服事赵国一样,自己对朝廷忠心耿耿,只要起用,当仁不让,奋勇争先,随时奔赴疆场,抗金杀敌。二是显示能力。自己虽然年老,但仍然和当年廉颇一样,老当益壮,勇武不减当年,可以充任北伐主帅。三是抒写忧虑。廉颇曾为赵国立下赫赫战功,可为奸人所害,落得离乡背井,虽愿为国效劳,却是报国无门,词人以廉颇自况,忧心自己有可能重蹈覆辙,朝廷弃而不用,用而不信,才能无法施展,壮志不能实现。辛弃疾的忧虑是有道理的,果然韩侂胄一伙人不采纳他的意见,对他疑忌不满,在北伐前夕,以"用人不当"为名免去了他的官职。辛弃疾渴盼为恢复大业出力的愿望又一次落空。

在这首词中用典虽多,然而这些典故却用得天衣无缝,恰到好处,它们所起的作用,在语言艺术上的能量,不是直接叙述和描写。所以就这首词而论,用典多并非辛弃疾的缺点,这首词正体现了他在语言艺术上的特殊成就。

47
书湖阴先生壁^[1]

◇ 王安石（宋）

茅檐^[2]长扫净无苔^[3]，花木成畦^[4]手自栽。

一水护田将绿^[5]绕，两山排闼^[6]送青来^[7]。

🗒 注释

[1]书：书写，题诗。湖阴先生：本名杨德逢，隐居之士，是王安石晚年居住金陵时的邻居。也是作者元丰年间（1078—1085）闲居江宁（今江苏南京）时的一位邻里好友。本题共两首，这里选录第一首。

[2]茅檐：茅屋檐下，这里指庭院。

[3]无苔：没有青苔。

[4]畦：被田埂整齐分划成的方块园地。

[5]将：携带。这里指护卫、环绕着园田。据《汉书·西域传序》记载，汉代西域置屯田，派使者校尉加以领护。绿：指绿油油的田地。

[6]排闼：推门闯入。闼：宫中小门。据《汉书·樊哙传》记载，汉高祖刘邦病卧禁中，下令不准群臣进见，但樊哙排闼直入，闯进刘邦卧室。

[7]送青来：送来绿色。

🖐 译文

茅草房庭院经常打扫，洁净得没有一丝青苔。花草树木成行成垄，都是主人亲手栽种。

庭院外一条小河保护着农田，并且环绕着农田。两座大山打开门来为人们送去绿色。

👤 作者简介

王安石（1021—1086），字介甫，号半山，临川（今江西抚州市临川区）人，北宋著名的思想家、政治家、文学家、改革家，"唐宋八大家"之一。官至宰相，封荆国公，世称王荆公，谥号"文"，故也称王文公。有《临川先生文集》《王文公文集》传世。

📖 导读

从诗的题目上看，这是题壁诗，共有两首，本首为其一。所谓"题壁"，就是把诗歌题写在墙壁上。题壁的风气由来已久，早在汉代就有，唐宋蔚然，后因印刷术逐渐完善，盛况不再。因为是题写在墙壁之上，所以往来行人皆可观，在当时不失为一种很好的"发表"方式。

这首诗作于王安石晚年罢相隐居之后。经历了世事沧桑后，他的生活和心情都有了许多变化，创作了一些描写湖光山色的小诗。这些诗新颖别致，妥帖自然，让人耳目一新。

诗歌的前两句描写庭院内的清幽。一座茅草庭院平平常常，但细节处体现出了环境之美，更显出主人的清净脱俗。"长扫"，即经常打扫。"无苔"最是传神。江南之地，春夏之交，长点青苔是再寻常不过。青苔喜阴，又多生长于拐角旮旯，不便于清扫。所以，"无苔"显主人之勤劳。院内花木一行一垄，整整齐齐。看了上文的"无苔"，再看花木侍弄得如此精心，就不奇怪了。更可贵的是，这些都是主人亲手栽种的。由物及人，主人的富于生活情趣，品节高雅就可想而知了。而王安石能与这样的庭院主人成为挚友，也可见王安石的雅趣。突然想起苏格拉底的名言："假如你有两块面包，你要用一块去换一朵花。""面包"象征物质，"花"象征精神。精神的追求会让物质平平的生活更精彩。

诗歌的后两句把目光移向了院外。"护田""排闼""送"等几个词语运用了拟人手法，将山水写得富有人情味。小河像母亲一样，环绕着、护卫着绿油油的农田；两山不请自来，开门排闼，将青青山色送入眼帘。另外，这两句也是用典。当然，对于我们大多数读者，不看注释是发现不了的。用典水平很高，不着痕迹，浑然一体。小河的温柔与青山的热情，相得益彰。如此美景，正与前两句中主人的形象不谋而合。

山水浓情，友人厚谊。王安石与友人徜徉于山水田园之间，志趣雅洁，心境平和。

48
饮湖上初晴后雨^[1]

◇ 苏轼（宋）

水光潋滟^[2]晴方好，山色空蒙^[3]雨亦奇。

欲把西湖比西子^[4]，淡妆浓抹总相宜。

📋 注释

[1]此诗作于作者通判杭州期间。湖,即杭州西湖。

[2]潋滟(liàn yàn):形容水波流动。

[3]空蒙:形容细雨中雾气迷茫。

[4]西子:即西施,相传是春秋时越国美女。

✍ 译文

晴天,西湖水波荡漾,在阳光照耀下,光彩熠熠,美极了。下雨时,远处的山笼罩在烟雨之中,时隐时现,眼前一片迷茫,这朦胧的景色也是非常漂亮的。

如果把美丽的西湖比作美人西施,那么淡妆也好,浓妆也罢,总能很好地烘托出她的天生丽质和迷人神韵。

📖 导读

杭州离我们六安并不远,许多亲朋好友都在那里工作、生活,我们自己也许已经游赏几次了。小时候就听大人们说:"上有天堂,下有苏杭。"这杭州的确是一个美妙的地方。

如果单挑一处作为杭州美景的代表,我想非西湖莫属;如果再单挑一首诗来描绘西湖,我想非苏轼的这首诗莫属。

这首诗是苏轼在杭州任通判时所作,而十几年后,他又回到杭州任太守。当年苏轼初到杭州,就写道:"我本无家更安往?故乡无此好山水。"他是非常爱杭州的,简直视杭州为第二故乡,而这寥寥四行诗就写出了西湖的精粹、气象、美丽。

诗的前两句,一句写水,一句写山。写水重点写光,水光闪动,波光粼粼;写山重点写色,山在雨雾中缥缈迷茫,如梦如幻。"晴方好""雨亦奇",在诗人心中,无论晴天还是雨天,西湖总是好的。在他离开杭州后,又写信给一位即将出使杭州的晁姓好友,开门见山第一句就是"西湖天下景,游者无愚贤"。

开头这两句已总体上写出了西湖之美,美在山光水色。这两句已经写得非常好了,就像是歌唱中已唱到了一个非常高的音调,那么接下来该怎么写呢?怎么写才能合得上前两句的高度呢?

诗人笔锋一转,忽生奇想,请出一位远隔千年的美人 ——西施。这个比喻很是自然贴切,为什么呢?因为西湖是自然山水,而西施作为"中国古代四大美女"之首,也是天生丽质。美人之美，淡妆佳，浓妆亦佳；西湖之美，晴中佳，雨中亦佳。写西湖的诗句很多，此诗为题咏中的冠冕之作。清代诗人陈衍说："后两句遂成为西湖定评。"杭州西湖有"西子湖"之称，即源于此。

如果我们现在去杭州游玩，八景之一的"苏堤春晓"是一定要去领会一番的。在苏堤入口处，杭州人立了一尊东坡塑像。你我可以去合个影，口中轻吟这首小诗，这也是一种很特别的纪念。

49
惠崇春江晚景^[1]

◇ 苏轼（宋）

竹外桃花三两枝，春江水暖鸭先知。

蒌蒿^[2]满地芦芽^[3]短，正是河豚^[4]欲上时。

注释

[1]惠崇：僧人，能诗善画。此诗原题二首，此是第一首。

[2]蒌蒿：草名，茎可食。

[3]芦芽：芦笋。

[4]河豚：鱼名，出于海，春江水发，河豚即向上游。其味鲜美，但肝脏、血液有毒。

译文

竹林外两三枝桃花初放，鸭子在水中游戏，它们最先察觉了初春江水的回暖。

河滩上已经满是蒌蒿，芦笋也开始抽芽，而河豚此时正要逆流而上，从大海洄游到江河里来了。

导读

我们先来看看题目。惠崇是个僧人，能诗善画。"春江晚景"是他的画作名称，一共有两幅。苏轼看了画，很喜欢，为画作题写了诗歌，当然也是两首，这里是第一首。这就是所谓的"题画诗"。

第一句，写的是桃花和竹子。竹子绿，桃花红，红绿掩映，一派春意盎然。"三两枝"，可见竹子也不密，桃花更不多，只开了三两朵，应是早春。简单一句，已透露了春的气息和生机。整首诗的感情基调也就在不经意间奠定了。

第二句，最为传神，一下子就把静止的画面写活了。想象一下，惠崇的画中可能有几只鸭子在江水中嬉戏，仅此而已。鸭子怎么知道水"暖"呢？即使鸭子知道了，诗人又是如何知道的呢？诗人当然无法通晓动物的语言，但细致的观察和想象与联想造就了美妙的诗句。早春刚至，鸭子已在欢快地戏水，想必水已暖。画面上只有视觉形象，而"水暖""鸭先知"已超越了纸面，仿佛我们亲身感受到了春江水温的变化。"暖""知"二字，把鸭子写活了，也把这幅画写活了，所以后人称惠崇的这幅画叫"鸭戏图"。

第三句写了江岸边已长出了满地的蒌蒿和短短的芦芽，既渲染了春意，又为下一句做了铺垫。第四句顺势作结，现在正是河豚溯江而上的时刻。惠崇的画上应该只画了蒌蒿、芦芽，至于河豚，又是诗人的想象和联想。为什么是河豚而不是其他呢？因为苏轼是个美食家。他爱吃，会吃，更会品。在被贬黄州期间，他自创了"东坡肉"，现在已成为江南特色传统名菜。同时代的欧阳修和张耒都说蒌蒿、芦芽最适合与河豚搭配。

全诗表现了春的复苏，生命的跃动。这是苏轼对惠崇画作的解读，也是他自己对春的礼赞。

题画诗以画的内容为基础，但高妙的诗作，来源于画作却又高于画作。这首诗既有鲜明的"画中态"，使人读了诗，如同看了画；又有浓郁的"画外意"，使人能跳出画面，领悟到许多画中没有的意味。苏轼的诗借想象和联想，点活了画面，拓展了诗意。

50
雨中登岳阳楼望君山二首[1]（其一）

◇ 黄庭坚（宋）

投荒万死鬓毛斑，生出瞿塘[2]滟滪关。

未到江南[3]先一笑，岳阳楼上对君山。

注释

[1]岳阳楼：湖南岳阳城西门楼，下临洞庭湖。君山：即湘山，在洞庭湖中，也称洞庭山，与岳阳楼遥遥相望。

[2]瞿塘：瞿塘峡，长江三峡之一。滟滪：滟滪堆，是瞿塘峡口江中的巨石。古歌云："滟滪大如马，瞿塘不可下。"它是三峡一险，如同一险关。

[3]江南：泛指长江下游的江南地区。

译文

投送边荒经历万死两鬓斑斑，如今活着走出瞿塘峡滟滪关。

还未到江南先自一笑，站在岳阳楼上对望君山。

作者简介

黄庭坚（1045—1105），字鲁直，号山谷道人，北宋诗人、词人、书法家，江西诗派开山之祖。与张耒、晁补之、秦观都游学于苏轼门下，合称为"苏门四学士"。诗与苏轼齐名，世称"苏黄"。其书法精妙，为"宋四家"（苏轼、黄庭坚、米芾和蔡襄）之一。有《豫章先生文集》《山谷琴趣外篇》等传世。

导读

大多数中学生对黄庭坚都比较陌生，他的作品在中学课本里很少出现。其实，他的成就、名气都很大，但风格偏硬瘦，理解起来有些难度。他是文学家，又是书法家。他曾游学于苏轼门下，是"苏门四学士"之一；他又是北宋后期最著名的"江西诗派"开山之祖；而他的书法独树一帜，与苏轼、米芾、蔡襄并称"宋四家"。他的多才多艺与他的老师苏轼很像；而仕途坎坷，一再被贬，也像极了苏轼。

我最钦佩苏轼的，就是他的旷达乐观，在不如意之中永不放弃对未来美好生活的希望，且能让生活时时充满情趣。而作为深得苏轼赏识的门生，黄庭坚也的确得到了老师的真传，那就是不畏磨难的豁达洒脱。这首诗就是明证。

写下这首诗之前，他刚刚结束了长达六年的流放生涯。朝廷任命他去太平州（安徽当涂县）任知州，他决定赴任前经湖南回江西老家探亲，过岳阳时写了这首诗。

第一句，很有几多沉痛。"投荒""万死"，这是对六年流放生活的概括。可想而知，他经历了多少难言的艰辛苦痛,可谓险境丛生。"鬓毛斑",这一年,他已五十八岁了,而生命也只剩下不到三年了。第二句,忽然一转。"生出",过了天险,出了畏途,喜悦之情扬起。流放、贬谪不曾改变他,三峡天险也奈何不了他。

三、四句,最为有名。历经航行之险后,就直奔家乡了。未到而先笑,那要是到了,该如何呢?喜悦之情溢于言表。

最后一句,留给了我们巨大的想象空间。岳阳楼,江南三大名楼之一。在这里,李白写下了"楼观岳阳尽,川迥洞庭开";杜甫写下了"昔闻洞庭水,今上岳阳楼";范仲淹更有"先天下之忧而忧,后天下之乐而乐"。这些诗句,我们熟悉,黄庭坚岂能不知。登高望远,波涛浩渺,君山相对,白银青螺,已至江南,家乡在望,无限美景在眼前。诗人此时心情又如何?不用明说而含蓄不尽。

余生所剩无几的黄庭坚,仍写下了如此意气风发的诗句,这种高旷胸襟值得后世敬仰。

51
书愤

◇ 陆游（宋）

早岁那知世事艰[1]，中原北望气如山[2]。

楼船夜雪瓜洲渡，铁马秋风大散关[3]。

塞上长城[4]空自许，镜中衰鬓已先斑。

出师一表真名世，千载谁堪伯仲间[5]。

注释

[1]世事艰：世事艰难，指恢复中原之事。

[2]气如山：壮心豪气如山。

[3]二句写宋兵在长江下游和西北两地抵抗金兵进犯的事。上句指宋高宗绍兴三十一年（1161）金主完颜亮南侵，宋将刘琦、虞允文在瓜洲、采石一带拒守，结果，完颜亮为部下所杀，金兵溃退。下句陆游自述宋孝宗乾道八年（1172）在南郑参加王炎幕府事。王炎与陆游积极筹划进兵长安，曾强渡渭水，与金兵在大散关发生遭遇战。后来王炎被调回临安，陆游也被调回成都，反攻计划未能实现。楼船：指战舰。瓜洲：即瓜洲镇，与镇江斜相对峙，是江防要地。铁马：披着铠甲的战马。大散关：在今陕西宝鸡市西南。当时南宋与金西以大散关为界。

[4]塞上长城：南朝时刘宋名将檀道济，曾自称为"万里长城"，陆游借以自比。

[5]出师一表：蜀后主建兴五年（227），诸葛亮率大军由汉中北伐曹魏，上《出师表》。堪：比。伯仲：本指兄弟间长幼的次序，借指二者相差不远的关系。

译文

年轻时哪里知道世事如此艰难，北望中原，收复故土的豪迈气概坚定如山。

记得在瓜洲渡痛击金兵，雪夜里飞奔着楼船战舰。秋风中跨战马纵横驰骋，收复了大散关捷报频传。

自己当年曾以万里长城来自我期许，到如今鬓发已渐渐变白，盼恢复都城已成空谈。

出师表真可谓名不虚传，有谁像诸葛亮鞠躬尽瘁，率三军复汉室北定中原！

作者简介

陆游（1125—1210），字务观，晚年号放翁。山阴（今浙江绍兴）人，南宋杰出的爱国诗人，平生诗作逾万首，有《剑南诗稿》《渭南文集》。

导读

此诗是陆游在1186年春天写的，当时他已是62岁的老人，被罢官6年，闲居在家。但他内心始终想着抗金大业，多次做梦回到了抗金第一线。这天，他突然接到朝廷再次起用他的消息，兴奋不已写了这首诗。

"早岁那知世事艰，中原北望气如山。楼船夜雪瓜洲渡，铁马秋风大散关"，这四句是回顾往事。早年，他为了收复故土，亲自披挂上阵，辗转于中原地带。"气如山"，写出了他那气吞山河的壮志豪情。

"楼船夜雪瓜洲渡，铁马秋风大散关"，写了他青年时代两次值得纪念的经历。一次是他39岁时追随主张抗金的右丞相张浚，都督诸路人马，楼船横江，往来于建康、镇江之间，"瓜洲渡"就在建康、镇江一带。结果因张浚军在符离大败，只得南撤，诗人的愿望成了泡影。追忆往事，令人叹惋。"铁马秋风大散关"，写的是另一次经历。他48岁那年，再一次从军，夜间骑马渡过渭水，袭击敌军，可惜那次也没能直捣金政权的老巢。想起这一件件往事，陆游心里充满了感慨，所以他说"塞上长城空自许，镜中衰鬓已先斑"。这里还有个典故，南朝宋文帝冤杀大将檀道济，檀道济临死时大叫："你这是破坏你自己的万里长城！"陆游年轻时就曾经把自己比作万里长城，立志要保卫祖国，可现在镜中的两鬓已斑白，壮志雄心还没实现，他深深感到惭愧。现在朝廷终于起用他，又可以为国效力了。他年虽花甲，但不服老，所以再一次立下誓言："出师一表真名世，千载谁堪伯仲间？"《出师表》是诸葛亮的名篇，诸葛亮在出兵伐魏前写表给刘禅说："臣鞠躬尽瘁，死而后已。"陆游在接到调令的那一刻，想到的就是要学习忠心耿耿、临危效命的诸葛亮，决心把自己的名字与他排在一起。"伯仲"就是兄弟，意思是虽然我们相隔千年，但到底谁是与你排在一起的兄弟呢？这问号后面不言自明，那就是"我"。可见这种精神的可歌可泣。

这首诗是陆游的七律名篇之一，全诗爱国感情极其沉郁，前面豪气如山，后面转为哀伤，结尾转入感愤，有沉郁顿挫之妙，真可与杜诗比美。

52
晓出净慈寺送林子方^[1]

◇ 杨万里（宋）

毕竟^[2]西湖六月中，风光不与四时同。

接天莲叶无穷碧^[3]，映日^[4]荷花别样红^[5]。

注释

[1]晓:早晨。净慈寺:在杭州西湖边,与灵隐寺为杭州两大著名佛寺,简称"净寺"。林子方:作者的朋友,官居直阁秘书,政治声誉不错。

[2]毕竟:到底。

[3]无穷碧:碧色无穷无尽。

[4]映日:太阳映照。

[5]别样红:特别红。

译文

到底是西湖六月天的景色,风光与其他季节大不相同。

密密层层的荷叶铺展开去,一片无边无际的青翠碧绿,像与天相接,阳光下的荷花分外鲜艳娇红。

作者简介

杨万里(1127—1206),字廷秀,号诚斋,吉水(今属江西)人。杨万里是南宋著名诗人,中兴四大家之一。在诗歌创作上师法自然,以洋溢着生命乐趣的自然景物为描写对象,重主观感受和表达,诗活泼灵动,有奇趣,语言生动真切,人称"诚斋体"。

导读

这首诗是诗人在临安做官,送别他的友人林子方时所作。一天早晨,诗人走出净慈寺,经过西湖边,呼吸着早晨凉爽的新鲜空气,看到满湖的荷花和望不到边的莲叶,一下就被大自然的美景所陶醉,于是脱口而出写下了这首著名的小诗。诗的大意是这样的:到底是六月的西湖,景色果然与其他季节不相同。那一望无际的莲叶泛着碧绿色,太阳映照下的荷花分外红艳。从诗题上看,这是一首送别诗,实际上它是一首以送别为题而赞叹西湖的自然美景,抒发诗人陶醉西湖六月美景的抒情诗。

开头两句抒情,抒发了对西湖美景的赞叹之情。首句以"毕竟"领起,"西湖""六月中"分别交代地点和时间,次句指明此时此地的风光与其他季节不同,自有特色。可是有什么特色呢?这里不说,到诗的后两句描写,所以次句恰好起到了承上启下的作用。如果按照一般语序,这里应为"西湖六月中风光,毕竟不与四时同"。诗人把"毕竟"提前，一是为了协调平仄，二是从修辞方面强调西湖六月中的风光与四时不同的特异之处，以表现诗人对西湖六月中自然美的赞叹之情。

后两句写景，具体描写使诗人动情、陶醉的西湖六月的特异风光：满湖莲叶、荷花，一直铺到水天相接的地方，在朝阳的辉映下，无边无际的碧绿与艳红真是好看极了！这两句用一"碧"一"红"突出了莲叶和荷花给人的强烈的视觉冲击力，气象宏大，既写出了莲叶之无际，又渲染了天地之壮阔，具有极其丰富的空间造型感。"映日"与"荷花"相衬，使整幅画面绚烂生动。这两句对仗工整，音节谐调，色彩鲜明，营造了一种清新优美的境界，充满赞美欣赏的激情。

杨万里善写七绝，工于写景，以白描见长。这首诗是他七绝诗的代表作之一。从艺术上来看，这首诗有两点值得注意：一是虚实相生。前两句抒情议论只是泛说，为虚；后两句描绘写景，展现具体境界，为实。只有抒情，感情就会显得空泛；只有写景，境界就会失去灵魂。本诗运用虚实结合的手法，收到了相得益彰的效果。二是壮美和优美的结合。三、四句写的荷花和莲叶，一般归于阴柔美一类，但诗人把它们的背景写得极其壮美，有"天""日"的映衬，使境界极其阔大。语言也很有气势，如"接天"和"无穷"。这样，阳刚和阴柔、壮美和优美，就在诗的意境中得到了很好的统一。这或许就是这首诗脍炙人口、广为传诵的原因所在吧。

53
观书有感[1]

◇朱熹（宋）

半亩方塘一鉴[2]开，天光云影共徘徊[3]。

问渠[4]那得清如许[5]？为有源头活水来。

注释

[1]观书有感：作于南宋孝宗乾道二年（1166）前后。

[2]鉴：镜子。

[3]徘徊：指倒影在水中荡漾。

[4]渠：它。这里指代方塘。

[5]清如许：这样地清。

译文

半亩大的方形池塘像一面镜子一样打开，天光、云影在水面上闪耀浮动。

要问池塘里的水为何这样清澈呢？是因为有永不枯竭的源头源源不断地为它输送活水。

作者简介

朱熹（1130—1200），字元晦，又字仲晦，号晦庵，晚称晦翁，谥文，世称朱文公。祖籍南宋江南东路徽州府婺源县（今江西省婺源），出生于南剑州尤溪（今属福建尤溪县）。南宋著名的理学家、思想家、哲学家、教育家、诗人，闽学派的代表人物，世称朱子，是孔子、孟子以来最杰出的弘扬儒学的大师。他的理学思想影响巨大，成为元、明、清三朝的官方哲学。

导读

这首诗，从字面上看是一首写景咏物诗，但从诗题上看，他所观的不是"塘"，而是"书"；要写的不是塘水之"清"，而是观书之"感"，就是谈读书的感想。

"半亩方塘一鉴开，天光云影共徘徊。"诗人是从赞誉"半亩方塘"入手的，这"方塘"虽然只有半亩，不算大，但它却很美。它的美不在于塘中有游鱼莲荷，岸边有绿柳婆娑，像杨万里笔下的《小池》那样，"泉眼无声惜细流，树阴照水爱晴柔"，它的美在于清澈深邃，像一面镜子，蓝天白云清晰地倒映其中，随着池水而荡漾。这两句诗生动地勾勒出方塘清澈明净的形象，给人一种清新澄澈的美感，使人心情澄净、心胸开朗。

这里还蕴含着理性的内容："半亩方塘"里的水很深很清，所以能够反映天光云影；反之，如果很浅、很污浊，就不能反映，或者不能准确地反映。诗人正是抓住了这一点，做进一步的挖掘，写出了颇有"理趣"的三、四两句。"渠"是个代词，相当于"它"，这里代"方塘"。"清"，已包含了"深"，因为塘水如果没有一定的深度，即使很清，也反映不出"天光云影共徘徊"的情态。诗人抓住了塘水深而且清就能反映天光云影的特点，但没有到此为止，而是提出了一个问题："方塘"为什么能够这样"清"？孤立地看"方塘"本身，是无从找到答案的。诗人于是放开眼界，终于看到"源头"，找到了答案：就因为这"方塘"不是无源之水，而是有那永不枯竭的"源头"，源源不断地为它输送"活水"。诗读到这里，我们才领悟到，这不单是描绘方塘的自然景色，而是以"方塘"为喻谈朱熹自己读书的感想，讲读书明理的重要性。一个人的思想就像那半亩方塘，要想不陈腐、不枯竭，就要读书明理，不断吸收外来的新的知识和道理。而且还必须不断地摄取，不断地更新，这才能冲洗掉自身的沉渣，永远保持一颗澄澈明净之心。这就是读书明理的重要性，也就是此诗所谓的"理趣"之所在。

54
游园不值^[1]

◇ 叶绍翁（宋）

应怜屐齿印苍苔^[2]，小扣^[3]柴扉^[4]久不开。

春色满园关不住，一枝红杏出墙来。

📋 注释

〔1〕游园不值：想游园却没有人在。不值：没有遇见所要访问的人。

〔2〕应：应该。怜：怜惜，爱惜。屐：一种木底鞋。屐齿：指用木制的底下带齿的"泥屐"，专供踩泥时穿。苍：深青色。苔：隐花植物，多附着于潮湿的岩石墙壁和地面上。

〔3〕小扣：轻轻地敲。

〔4〕柴扉：指用木柴、树枝编扎的简陋的门。

🔄 译文

也许是园主担心我的木屐踩坏他那爱惜的青苔，我轻轻地敲打柴门久久不开。

满园子的春色是关不住的，开得正旺的红杏有一枝枝条伸到墙外来了。

👤 作者简介

叶绍翁（1194—1269），字嗣宗，号靖逸，龙泉（今浙江龙泉）人，祖籍建安（今福建建瓯），南宋中期诗人。著有《四朝闻见录》，补正史之不足，被收入《四库全书》。诗集《靖逸小稿》《靖逸小稿补遗》，其诗语言清新，意境高远，属于江湖诗派风格。

📖 导读

宋理宗宝庆初年（1225），有一批诗人功名不就，政治地位不高，处乱世而浪游江湖间，气味相投，作诗唱和。当时钱塘诗人兼书商陈起将他们的诗作收集成集，刊行于世，名曰"江湖集"。后来人们便称诗集中的诗人为"江湖诗派"。叶绍翁便是江湖诗派诗人，他擅长七绝，多写江湖田园风光，风格俊秀优美。《游园不值》是他久享盛名的名篇。历来写游园诗的人很多，写游不成的就少了。也许有人会想，既没游成，什么园景也没看到，还写什么，就不写了。可这首写"游园不值"的诗，却极有韵味，并富哲理，故流传甚广。

一、二句"应怜屐齿印苍苔，小扣柴扉久不开"，作者想去拜访友人，到了园子门口，却发现园门紧闭，无法观赏园内的春花。但诗人写得很幽默风趣，说大概是园主人爱惜园内的青苔，怕我的屐齿在上面留下践踏的痕迹，所以"柴扉"久叩不开。将主人不在家，故意说成主人有意拒客，这是为下面的诗句作铺垫。由于有了"应怜屐齿印苍苔"的设想，才引出后两句更新奇的想象。

三、四句"春色满园关不住，一枝红杏出墙来"，写诗人进不了园，就想往园里看，但园墙挡着看不见，突然发现有一枝红杏从墙里伸过了墙头。诗人由一枝粉红色的杏花似乎看到了满园的春色，于是有"关不住"的妙想：虽然园主人自私地紧闭园门，好像要把春色关在园内独自欣赏，但春色是关不住的，那枝从墙头而出的"红杏"就是见证。这两句写得非常自然，具体生动，没有任何粉饰，但却给人留下非常深刻的印象，引人联想且极富哲理：一切新生美好的事物，都具有顽强的生命力，是封锁、压抑不住的，禁锢不了的，它必然能冲破封锁束缚而蓬勃发展。

55
过零丁洋[1]

◇ 文天祥（宋）

辛苦遭逢起一经[2]，干戈寥落四周星[3]。

山河破碎风飘絮[4]，身世浮沉雨打萍[5]。

惶恐滩[6]头说惶恐，零丁[7]洋里叹零丁。

人生自古谁无死，留取丹心照汗青[8]！

注释

[1]零丁洋：在广东中山南。

[2]遭逢：遭遇。起一经：开始于一部经书，指依靠精通经书，通过考试，出来做官。

[3]干戈：都是古代兵器，这里指战争。寥落：荒凉冷落。四周星：四年。作者1275 年起兵抗元，到 1278 年被俘，在荒凉冷落的战争环境中整整度过四年。

[4]絮：柳絮。

[5]萍：浮萍。

[6]惶恐滩：今江西省万安县，处于赣江之中，水流很急，险恶异常。惶恐：惊慌害怕。

[7]零丁：孤单。

[8]汗青：史册。

译文

回想我早年由科举入仕历尽千辛万苦，如今战火消歇已经过四年的艰苦岁月。

国家危在旦夕似那狂风中的柳絮，自己一生的坎坷如雨中浮萍，漂泊无根，时起时沉。

惶恐滩的惨败让我至今依然惶恐，可叹我零丁洋里身陷元虏自此孤苦无依。

自古以来，人终不免一死，倘若能为国尽忠，死后仍可光照千秋，青史留名！

作者简介

文天祥（1236—1283），字宋瑞，一字履善，号文山，吉州庐陵（今江西吉安）人。宋理宗宝祐四年（1256）举进士第一。宋恭帝德祐元年（1275），元兵东下，于赣州组义军，入卫临安（今浙江杭州）。次年除右丞相兼枢密使，出使元军议和被拘，后脱逃至温州，转战于赣、闽、岭等地，曾收复州县多处。宋末祥兴元年（1278）兵败被俘，誓死不屈，就义于大都（今北京）。能诗文，诗词多写其宁死不屈的决心。著有《过零丁洋》《文山诗集》《指南录》《正气歌》等作品。

导读

此诗是文天祥《指南录》中的一篇，为其代表作之一，约作于祥兴二年（1279）。

文天祥被元军俘获的第二年正月过零丁洋时,元军元帅张弘范一再逼他写信招降南宋在海上坚持抵抗的张世杰,他出示此诗以明志节。

首联:我自幼刻苦读书,通过科举而蒙朝廷赏识。起一经,是科场得中而被起用。作者20岁参加科举考试,被皇帝亲点为状元。地球环绕太阳公转一次为一周星,四周星就是四年。四年来,文天祥毁家纾难,响应朝廷号召"勤王"。但像他那样高举义旗为国捐躯者寥寥无几。因为干戈寥落,孤军奋战,难以御敌,战争打得越来越惨,致使宋朝危在旦夕。诗人用"干戈寥落"四字,暗含对苟且偷生者的愤激和对投降派的谴责。

额联:要说大宋山河,这支离破碎的惨状,就像狂风吹卷着的柳絮在空中片片飘散;你见过暴雨打击下的水上浮萍吗?那颠簸浮沉的可怜景象,正可为诗人身世的写照。诗人政治上入朝不久,因得罪权贵而屡被罢斥;在抗元斗争中,出生如死,一次被扣,两次被俘,为尽节自杀,曾服毒,又绝食,却偏偏不死。而今家破人亡,老母被俘,妻妾被囚,大儿丧亡,自己也深陷敌手。因而,这"身世浮沉"鲜明生动地概括了诗人艰苦卓绝的斗争和坎坷不平的一生,感情炽烈,读之使人怆然!

颈联:惶恐滩,原名黄公滩,在今江西万安县赣江之中,是赣江十八滩之一,水流湍急,是最险的一滩,人们乘船渡此滩十分惊恐,故又称"惶恐滩"。景炎二年(1277),文天祥的军队兵败后,曾从惶恐滩一带撤退到福建汀州。前临大海,后有追兵,如何闯过那九死一生的险境,转败为胜,求得"救国之策"?这是他当时最忧虑最惶悚不安的事了。而今军队溃散,身为俘虏,被押送过零丁洋,能不感到孤苦伶仃?这一联特别富有情味,"惶恐滩"与"零丁洋"两个带有感情色彩的地名自然相对,而又被作者运用来表现他昨日的"惶恐"与眼前的"零丁",真可谓诗史上的绝唱!

尾联直抒胸中正气,发出以身殉国的壮烈誓言:要留下自己一颗赤诚的爱国之心,在民族历史上,千秋万代,永放光芒。这联壮语不知感召了后代多少志士仁人为正义事业而英勇献身。

文天祥在被俘四年中,曾一再拒绝元人的劝降,后从容就义,以身殉国。由此看来,作者不但以其诗来超越生死,更是以其人格来超越生死。或者不如说,此诗正是文天祥崇高人格的杰出表现。

56
天净沙·秋思[1]

◇ 马致远（元）

枯藤[2]老树昏鸦[3]，小桥流水人家[4]，古道[5]西风[6]瘦马[7]。夕阳西下，断肠人[8]在天涯[9]。

📋 注释

[1]天净沙：曲牌名，属越调。又名"塞上秋"。

[2]枯藤：枯萎的枝蔓。

[3]昏鸦：黄昏时归巢的乌鸦。昏：傍晚。

[4]人家：农家。此句写出了诗人对温馨家庭的渴望。

[5]古道：已经废弃不堪再用的古老驿道或年代久远的驿道。

[6]西风：寒冷、萧瑟的秋风。

[7]瘦马：骨瘦如柴的马。

[8]断肠人：形容伤心悲痛到极点的人，此指漂泊天涯、极度忧伤的旅人。

[9]天涯：远离家乡的地方。

🏹 译文

天色黄昏，一群乌鸦落在枯藤缠绕的老树上，发出凄厉的哀鸣。小桥下流水哗哗作响，小桥边庄户人家炊烟袅袅。古道上一匹瘦马，顶着西风艰难地前行。夕阳渐渐地失去了光泽，从西边落下。凄寒的夜色里，只有孤独的旅人漂泊在遥远的地方。

👤 作者简介

马致远（1250—1321），与关汉卿、郑光祖、白朴并称"元曲四大家"，年轻时热衷功名，但一直未能得志。他几乎一生都在过着漂泊无定的生活，《天净沙·秋思》就写于羁旅途中。

📖 导读

这是一首抒写天涯游子秋日离愁的绝妙小令，28个字勾画出一幅羁旅荒郊图。

头两句"枯藤老树昏鸦，小桥流水人家"，就给人造成一种冷落暗淡的气氛，又显示出一种清新幽静的境界。这里的"枯藤、老树"给人以凄凉的感觉；"昏"，点出时间已是傍晚；"小桥、流水、人家"让人感到幽雅闲致。12个字画出一幅深秋僻静的村野图景。

"古道西风瘦马"，词人描绘了一幅秋风萧瑟苍凉凄苦的意境，为僻静的村野图又增加了一层荒凉感。夕阳西下使这幅昏暗的画面有了几丝惨淡的光线，更加深了悲凉的气氛。词人把九种平淡无奇的客观景物,巧妙地连缀起来,通过"枯、老、昏、古、西、瘦"六个字,将自己的无限愁思自然地寓于图景中。

最后一句,"断肠人在天涯"是点睛之笔!这时在深秋村野图的画面上,出现了一位漂泊天涯的游子,在残阳夕照的荒凉古道上,牵着一匹瘦马,迎着凄苦的秋风,信步漫游,愁肠寸断,却不知自己的归宿在何方。此处透露了词人怀才不遇的悲凉情怀,恰当地表现了主题。

小令采取寓情于景的手法来渲染气氛,显示主题,完美地表现了漂泊天涯的旅人的愁思。全曲不着一"秋",却写尽深秋荒凉萧瑟的肃杀景象;不用一"思",却将游子浓重的乡愁与忧思写得淋漓尽致。

57
山坡羊·潼关怀古^[1]

◇张养浩（元）

峰峦如聚^[2]，波涛如怒^[3]，山河^[4]表里^[5]潼关^[6]路。望西都^[7]，意踌躇^[8]。

伤心^[9]秦汉^[10]经行处^[11]，宫阙^[12]万间都做了土。兴，百姓苦；亡^[13]，百姓苦。

📋 注释

[1]山坡羊:曲牌名,是这首散曲的格式;"潼关怀古"是标题。

[2]峰峦如聚:形容群峰攒集,层峦叠嶂。聚:聚拢,包围。

[3]波涛如怒:形容黄河波涛的汹涌澎湃。怒:指波涛汹涌。

[4]"山河"句:指潼关外有黄河,内有华山,形容潼关一带地势险要。

[5]表里:即内外。

[6]潼关:古关口名,在今陕西省潼关县,关城建在华山山腰,下临黄河,扼秦、晋、豫三省要冲,非常险要,为古代入陕门户,是历代的军事重地。

[7]西都:指长安(今陕西西安)。这是泛指秦汉以来在长安附近所建的都城。秦、西汉建都长安,东汉建都洛阳,因此称洛阳为东都,长安为西都。

[8]踌躇(chóu chú):犹豫、徘徊不定,心事重重,此处形容思潮起伏,感慨万端,陷入沉思,表示心里不平静。

[9]伤心:令人伤心,形容词作动词。

[10]秦汉:秦朝都城咸阳和西汉都城长安都在陕西省境内潼关的西面。

[11]经行处:经过的地方。指秦汉故都遗址。

[12]宫阙(què):宫:宫殿。阙:皇宫门前面两边的楼观。

[13]兴(xīng):指政权的统治稳固。兴、亡:指朝代的盛衰更替。

➪ 译文

> 像是群峰众峦在这里会合,像是大浪巨涛在这里发怒,(潼关)外有黄河,内有华山,地势坚固。遥望古都长安,思绪起起伏伏。
>
> 途经秦汉旧地,引出伤感无数,万间宫殿早已化作了尘土。一朝(cháo)兴盛,百姓受苦;一朝灭亡,百姓还受苦。

👤 作者简介

张养浩(1269—1329),元代著名散曲家,为官清廉,爱民如子。天历二年(1329),因关中旱灾,被任命为陕西行台中丞以赈灾民。他亲睹人民的深重灾难,感慨叹喟,尽力救灾,因过分操劳而殉职。《山坡羊·潼关怀古》正是写于"关中大旱"之际。

📖 导读

　　前三句写登临潼关所见，由远及近，既是写景，也是抒情，表达了心中起伏的情感。"聚"和"怒"将山的雄伟与水的奔腾勾勒出来，有力烘托了作者吊古伤今的悲愤伤感之情。"望西都"四句点题怀古，面对昔日帝都的遗址，作者展开想象，展现了历史的变迁。最后两句道破朝代兴亡的本质。

　　这首散曲把景色描绘、睹物伤情、议论时局三者有机地结合为一体，营造了景色宏伟、情思高远的诗歌情境，这在古典诗歌史上是少见的。

　　张养浩以"如聚"之势写"峰峦"，以"如怒"之态写"波涛"，足可称之为奇笔。这样写，把山和水都写活了，仿佛它们有人一样的脾性。因为如果不是有生命有意志的存在物，仅仅是"山"与"水"，山势不会那么集中，层层叠叠，水性也不会那么狂暴，汹汹浩浩。这样写，就把潼关山水的特别险要，生动地再现了出来。

　　散曲借历史上的两个强盛朝代的废墟，感慨民生艰困，并在实际上揭示百姓苦的根源。这既含蓄地反映了元代的人民困苦，也表现了诗人的仁爱胸怀，同时还含有某种历史警告的意味：你们看，秦汉两个强大的王朝，他们的万间宫阙都变成了泥土，现在的不可一世的统治者们，未来的命运还能例外吗？

　　散曲以"不论兴亡谁属，百姓命运不变"作结，命意新警，发人深思，把小令的表现题材和情思抒发，提到了一个新的境界。

58

临江仙·滚滚长江东逝水

◇ 杨慎（明）

　　滚滚长江东逝水[1]，浪花淘尽[2]英雄。是非成败[3]转头空。青山[4]依旧在，几度[5]夕阳红。

　　白发渔樵[6]江渚[7]上，惯看秋月春风[8]。一壶浊酒[9]喜相逢。古今[10]多少事，都付笑谈中[11]。

注释

[1]东逝水：是江水向东流逝而去，这里将时光比喻为江水。

[2]淘尽：荡涤一空。

[3]成败：成功与失败。《战国策·秦策三》："良医知病人之死生，圣主明於成败之事。"

[4]青山：青葱的山岭。

[5]几度：虚指，几次、好几次之意。

[6]渔樵：此处并非指渔翁、樵夫，而是作名词，指隐居不问世事的人。

[7]渚（zhǔ）：原意为水中的小块陆地，此处意为江岸边。

[8]秋月春风：指良辰美景，也指美好的岁月。白居易《琵琶行》："今年欢笑复明年，秋月春风等闲度。"

[9]浊（zhuó）：不清澈；不干净。与"清"相对。浊酒：用糯米、黄米等酿制的酒，较混浊。

[10]古今：古代和现今。

[11]都付笑谈中：在一些古典文学及音乐作品中，也有作"尽付笑谈中"。

译文

滚滚长江向东流，多少英雄像翻飞的浪花般消逝。不管是与非，还是成与败（古今英雄的功成名就），到现在都是一场空，都已经随着岁月的流逝消逝了。当年的青山（江山）依然存在，太阳依然日升日落。

在江边的白发隐士，早已看惯了岁月的变化。和老友难得见了面，痛快地畅饮一杯酒。古往今来的多少事，都付诸（人们的）谈笑之中。

作者简介

杨慎（1488—1559），明代文学家，明代三大才子之首，谪戍终老于云南永昌卫。本词即贬谪以后所做。

导读

这是一首咏史词，借历史兴亡抒发人生感慨，豪放中有含蓄，高亢中有深沉。

从全词看,基调慷慨悲壮,意味无穷,令人读来荡气回肠,不由在心头平添万千感慨。这首词在让读者感受苍凉悲壮的同时,又营造出一种淡泊宁静的气氛,并且折射出高远的意境和深邃的人生哲理。作者试图在历史长河的奔腾与沉淀中探索永恒的价值,在成败得失之间寻找深刻的人生哲理,有历史兴衰之感,更有人生沉浮之慨,体现出一种高洁的情操、旷达的胸怀。

上片开首两句令人想到杜甫的"无边落木萧萧下,不尽长江滚滚来"和苏轼的"大江东去,浪淘尽,千古风流人物",以一去不返的江水来比喻历史的进程,用后浪推前浪来比喻英雄叱咤风云的丰功伟绩。然而这一切终将被历史的长河带走。

"是非成败转头空"是对上两句历史现象的总结,从中也可看出作者旷达超脱的人生观。

"青山依旧在,几度夕阳红",青山和夕阳象征着自然界和宇宙的亘古悠长,尽管历代兴亡盛衰、循环往复,但青山和夕阳都不会随之改变,一种人生易逝的悲伤感悄然而生。

上片,读者在品读的同时,仿佛感到那奔腾而去的不是滚滚长江之水,而是无情的历史;仿佛倾听到一声历史的叹息,于是,在叹息中寻找生命永恒的价值。

下片,在这凝固的历史画面上,白发的渔夫、悠然的樵汉,意趣盎然于秋月春风。宁静的江湾,风平浪静的休闲之所。一个"惯"字让人感到些许莫名的孤独与苍凉。幸亏有朋友自远方来的喜悦,酒逢知己,使这份孤独与苍凉有了一份慰藉。"浊酒"似乎显现出主人与来客友谊的高淡平和,其意本不在酒。

古往今来,世事变迁,即使是那些名垂千古的丰功伟绩又算得了什么。只不过是人们茶余饭后的谈资,且谈且笑,痛快淋漓。诵读时,多少无奈,尽在言外。

59
长相思

◇ 纳兰性德（清）

山一程，水一程[1]，身向榆关[2]那畔[3]行，夜深千帐[4]灯。

风一更，雪一更[5]，聒[6]碎乡心梦不成，故园[7]无此声[8]。

📋 注释

[1]程：道路、路程。山一程,水一程：即山长水远。

[2]榆关：即今山海关,在今河北秦皇岛东北。

[3]那畔：即山海关的另一边,指身处关外。

[4]帐：军营的帐篷。千帐：言军营之多。

[5]更：旧时一夜分五更,每更大约两小时。风一更,雪一更：即整夜风雪交加。

[6]聒(guō)：声音嘈杂,这里指风雪声。

[7]故园：故乡,这里指北京。

[8]此声：指风雪交加的声音。

译文

跋山涉水走过一程又一程,将士们马不停蹄地向着山海关进发。夜已经深了,千万个帐篷里都点起了灯。

帐篷外风声不断,雪花不住,嘈杂的声音打碎了思乡的梦,想到远隔千里的家乡没有这样的声音啊。

作者简介

纳兰性德(1655—1685),叶赫那拉氏,原名成德,字容若,满洲正黄旗人,号楞伽山人。清代著名词人之一。纳兰性德出身显赫,父亲是康熙时期武英殿大学士纳兰明珠。他自幼修文习武,康熙十五年(1676)高中进士。初授三等侍卫,后晋为一等,长年追随康熙左右。其诗词"纳兰词"在清代以至整个中国词坛上都享有很高的声誉。

他词艺精湛,词风以"真"见长,写景逼真传神。词风婉约,格调高远,独具一格。

导读

康熙二十一年(1682)二月十五日,云南平定,康熙帝出关东巡祭告祖陵。作者纳兰性德随从康熙帝祭祖,在二十三日出山海关。塞上风雪凄迷,苦寒的天气引发了词人对京师故乡的思念,便写下了这首词。

"山一程,水一程"描写的是伴随皇帝出行时一路上的风景。"一程"又"一程",走了一山又一山,过了一河又一河。如果说"山一程,水一程"写的是身后走过的路,那么"身向榆关"写的就应该是词人前往的目的地。"榆关"就是山海关，词人是伴随皇帝去山海关以外很远的地方。"那畔行"正是说明此行的最终目的地不是"榆关"，而是在"榆关"的"那畔"。"那畔"一词颇含疏远的感情色彩，表现了词人这次奉命出行"榆关"的无奈。

"夜深千帐灯"这一句写出了皇上远行时候的壮观。风雪中，夜幕下，在群山里，一排排营帐里透出耀眼的灯光，景象该是何等壮观！

"风一更，雪一更"，"更"是指时间，旧时夜里的一种计时单位，和上面的"一程"所指的路程，形成了工整的对仗。"聒碎乡心梦不成"，夜里，寒冷的风雪吹打着帐篷，词人怎么也睡不着，寂寞无奈之中数着更数，感慨万千，思乡之情漫上心头，因此才有"故园无此声"。

总体来说，上阕写面、写外，铺陈壮观；下阕写点、写内，曲描心情。全词以白描手法，选取的都是平凡的事物，如山水、风雪、灯火、声音；采用的都是短小精悍、通俗易懂的语句，轻巧排列，对应整齐。自然朴素的语言，融细腻情感于雄壮景色之中，表现出真切的情感。

60
己亥杂诗（其五）

◇ 龚自珍（清）

浩荡离愁[1]白日斜[2]，吟鞭[3]东指[4]即[5]天涯[6]。

落红[7]不是无情物，化作春泥更护花[8]。

注释

[1]浩荡离愁：离别京都的愁思浩如水波，也指作者心潮不平。浩荡：无限。

[2]斜：xiá。

[3]吟鞭：诗人的马鞭。

[4]东指：东方故里。

[5]即：到。

[6]天涯：指离京都遥远。

[7]落红：落花。花朵以红色者为尊贵，因此落花又称为落红。

[8]花：比喻国家。

译文

离别京都的愁思浩如水波向着日落西斜的远处延伸，马鞭向东一挥，感觉就是人在天涯一般。

从枝头上掉下来的落花不是无情之物，即使化作春泥，也甘愿培育美丽的春花成长。

作者简介

龚自珍（1792—1841），字璱（sè）人，号定庵。汉族，浙江临安（今杭州）人。清代思想家、文学家及改良主义的先驱者。27岁中举人，38岁中进士。曾任内阁中书、宗人府主事和礼部主事等官职。主张革除弊政，抵制外国侵略，曾全力支持林则徐禁除鸦片。他的诗文主张"更法""改图"，揭露清统治者的腐朽，洋溢着爱国热情，被柳亚子誉为"三百年来第一流"。

导读

道光十九年（1839），也就是鸦片战争的前一年，龚自珍已48岁，对清朝统治者大失所望，毅然决然辞官南归，回归故里，后又北上迎取眷属，在南北往返途中，写就巨型组诗——《己亥杂诗》（那一年是己亥年）。本文是其中第五篇。诗人当时愤然辞官，离别亲朋好友，愁肠百结。

"浩荡离愁白日斜，吟鞭东指即天涯。"这两句抒情叙事，在无限感慨中表现出豪放洒脱的气概。一方面，离别是忧伤的，毕竟自己寓居京城多年，故友如云，往事如烟；另一方面，离别是轻松愉快的，毕竟自己逃出了令人桎梏的樊笼，可以回到外面的世界里另有一番作为。这样，离别的愁绪就和回归的喜悦交织在一起，既有"浩荡离愁"，又有"吟鞭东指"；既有白日西斜，又有广阔天涯。这两个画面相反相成，互为映衬，是诗人当日心境的真实写照。

"落红不是无情物，化作春泥更护花。"这两句以落花为喻，表明自己的心志，在形象的比喻中，自然而然地融入议论。由抒发离别之情，转入抒发报国之志。

落红，本指脱离花枝的花，但是，并不是没有感情的东西，即使化作春泥，也甘愿培育美丽的春花成长。"不为独香，而为护花"，表现诗人虽然脱离官场，依然关心着国家的命运，不忘报国之志，以此来表达他至死仍牵挂国家的一腔热忱。

短短一首七言绝句，读来让人体会到了诗人辞官离京的复杂感情，深感诗人不畏挫折、不甘沉沦、始终要为国家效力的坚强性格和献身精神。全诗移情于物，形象贴切，构思巧妙，寓意深刻。

所谓"诗与人为一，人外无诗，诗外无人"（《书汤海秋诗集后》），龚自珍自己的诗就是最好的证明。

参考文献

[1] 刘磊,胡胜.古代诗歌 [M].长沙:湖南科学技术出版社,2009.

[2] 肖平,秦逊.古代诗歌 [M].呼和浩特:远方出版社,2007.

[3] 赵新.中国古代诗歌发展研究 [M].北京:中国大地出版社,2019.

[4] 周金标.中国古代诗歌注释学研究 [M].上海:上海三联书店,2020.

[5] 董小伟.中国古代诗歌选 注析 [M].天津:天津大学出版社,2017.

[6] 徐长义.中国古代诗歌散文鉴赏与运用 [M].沈阳:东北大学出版社,2016.

[7] 廖伦建,廖咏絮.古代诗歌创新解读探珠 [M].北京:光明日报出版社,2016.

[8] 孙广才,吴林飞.中国古代诗歌选读 [M].南京:东南大学出版社,2014.

[9] 周维纳,马春燕.古代诗歌鉴赏方法 [M].兰州:甘肃人民出版社,2011.